我们在哈瓦那的人

[英] 格雷厄姆·格林 著　吴幸宜 译

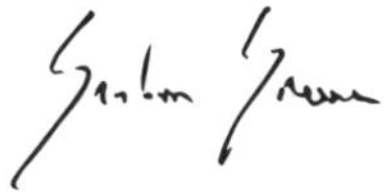

江苏凤凰文艺出版社
JIANGSU PHOENIX LITERATURE AND ART PUBLISHING

Our Man in Havana

Graham Greene

悲伤之人是他所有笑话的笑柄。

——乔治·赫伯特[1]

1　乔治·赫伯特（George Herbert，1593—1633），英国诗人、牧师，此句出自其诗歌*The Church Porch*。——编者注（本书注释如无特别说明，均为译注）

目　录

第一部

第一章

1

“那个走在街上的黑人，”海斯巴契医生站在惊奇酒吧里，对身旁的人说，“让我想到了你，伍尔摩先生。”

海斯巴契医生向来如此，虽然两人交情已有十五年，他还是不忘加上“先生”二字——这份友情进行得戒慎缓稳、字斟句酌，一如他所下的病情诊断。或许要等到站在伍尔摩临终的病床边搜寻着他愈见衰弱的脉搏时，海斯巴契医生才会改口叫他一声“吉姆”。

那黑人瞎了一只眼，两腿一长一短；戴着旧式毡帽，透过褴褛的衬衫肋骨历历可见，有如一艘报废的老船。一月的暖阳照耀，他在红黄交错的廊柱外沿着人行道边缘行走，边走边数着自己的脚步。当他走过惊奇酒吧转往瓦杜德街时，正数到“一千三百六十九”。他走得很慢，好让自己有足够的时间吐出这么长的数字——“一千三百七十”。他是国家广场的熟面孔，经常出没在这一带，偶尔会放下那长串的数字，向游客兜售春宫画，之后又回到刚才的数字，继续往下数。当一天终了，他就像一个搭乘大西洋渡轮的精力充沛的游客，清清楚楚知道自己这一天总共走了多少路。

“你是说乔伊？”伍尔摩问，“我一点也看不出他哪里像我——当然，跛脚除外。”

但他还是本能地朝着那面标示有“热带Cerveza[1]”的镜子觑了自己一眼，仿佛他走在老镇的街道上也是那么无力颓败。可是从镜子里回望着他的那张面容，除了因为蒙上码头吹来的沙尘而略带苍白外，其他还是一样：四十来岁，细纹密布，满面愁容。他比海斯巴契医生年轻得多，但陌生人看到这张脸铁定觉得它撑不了多久——暗沉已经进驻，那股忧容连镇静剂都抚平不了。黑人蹒跚着走出他们的视线，弯进帕萨奥街的拐角。这一天来来往往的尽是擦鞋匠。

“我指的不是跛脚。你真的看不出相似的地方？”

“是啊，看不出。”

“他的脑袋里只装了两件事，”海斯巴契医生解释道，“做他的工作和数数儿。还有，他也是英国人。”

“我还是不觉得……”

伍尔摩喝了口鸡尾酒润润喉。从店里到惊奇酒吧花了他七分钟，等下再花七分钟走回去，中间六分钟的空当则留给友谊。他看看表，想起这表慢了一分钟。

“他也很可靠，是个可信赖的人。我没别的意思，就是这

1　西班牙语：啤酒。

样。”海斯巴契医生说，语气带着不耐烦，“米莉还好吗？”

“非常好。”伍尔摩说。这个回答从来没有变过，但他是说真的。

“她十七号就十七岁了，对吧？”

“没错。”他匆匆回过头瞄了瞄，仿佛觉得有人在跟踪他，接着又去看表，“米莉生日那天，你会过来和我们喝杯酒吧？”

“这事我从来没失约过，伍尔摩先生。还有谁一起呢？”

“我想就我们三个了。你知道，古柏回家去了，可怜的马洛还在医院里，而大使馆的那些新人，米莉好像一个也不喜欢。所以这件事我们知道就好，就当个家庭聚会。”

“我很荣幸成为这个家的一分子，伍尔摩先生。”

“或许我们会在国家俱乐部[1]订个位子——还是你觉得那里不太——嗯，不太适合？”

“伍尔摩先生，这里不是英国，也不是德国。女孩子家在热带地方长得快。”

对街一扇百叶窗戛然开启，在飘忽的海风轻轻摇晃下，像个老爷钟滴答作响。伍尔摩说：“我得走了。”

“菲氏吸尘器公司少了你照样可以营业，伍尔摩先生。”这一天尽是令人不快的真相。“就像那些病人，没有我照样活得下去。”海斯巴契好心加上一句。

“人一定会生病，但他们不一定会买吸尘器。”

1 哈瓦那一家夜总会的名字。

“但是你的收费比较高。”

“可是我只赚取其中的百分之二十。这样的利润存不了什么钱。”

“这不是存钱的年代，伍尔摩先生。”

“我必须存钱，为了米莉。万一我有个三长两短……”

“反正这年头没有人对人生怀有高度期望，所以有什么好担心的？”

“这些动乱对生意很不好。如果电力中断，光有吸尘器有什么用？”

“我可以帮你弄个小额贷款，伍尔摩先生。”

“不，不，我不是那个意思。我担心的不是今年或明年，而是长远的未来。”

“那根本不值得你担心。伍尔摩先生，我们生活在原子时代，只要那些人按个钮——砰一声，到时哪里还有我们？麻烦再来一杯威士忌。”

“那是另一回事。你知道我那家公司干了什么吗？他们给我寄来一个原子炉吸尘器。”

“真的？我不知道现代科技已经这么进步了。”

“哦，不是，它跟原子扯不上半点关系，光是个名称罢了。去年的噱头是涡轮喷射引擎，今年是这个原子炉吸尘器。其实根本没两样，一样要插电。”

“所以有什么好担心的？”海斯巴契医生又说了一遍，像在哼什么主题曲一般，一面啜了口威士忌。

“他们不了解，这类名称在美国或许行得通，这里却不行。

这里的牧师动不动就高唱反对滥用科学的论调。上星期日我和米莉到教堂去——你知道她对做弥撒的想法，我知道她认为她能感化我——结果门德斯神父花了半个钟头描述氢弹的作用。他说，那些相信天堂存在于地球的人，创造了一个人间地狱，还说得活灵活现的——这用意太明显了。你想想，星期一早上我就要在橱窗里展示这个新型的原子炉吸尘器，我该作何感想？如果哪天哪个野孩子砸了我的橱窗，我是不会惊讶的。'天主行为''耶稣天主'，到处都是这种东西。海斯巴契，我真不知道该怎么办了。"

"卖一个给门德斯神父，在主教的殿堂里用。"

"但他很满意那个涡轮。那是台好机器。当然这台也很好，能把书架上的灰尘吸得更干净。你知道的，我从来不卖不好的机器。"

"我知道，伍尔摩先生。但你能替它改个名字吗？"

"他们不让我这么做。他们以它为荣，认为这是打从'打败灰尘，清洁溜溜[1]'之后的最佳句子。你知道吗，他们在涡轮那款上放了一种叫作滤净片的零件，那是个挺精巧的设计，只是没人特别注意它。不过昨天有个女人到店里看到这个原子炉吸尘器，问我，那种尺寸的滤净片真的能吸收所有的辐射线吗？锶90[2]呢？"

"我可以给你一份医学证明。"海斯巴契医生说。

1 原文是It beats as it sweeps as it cleans，是胡佛吸尘器公司的一句著名的广告语。——编者注

2 锶90在医疗上可应用于放射线疗法。

“你从来不担心任何事吗？”

“我有秘密武器，伍尔摩先生。我对生命充满兴趣。”

“我也是，可是……”

“你是对人有兴趣，不是生命。人会死去，或是离开我们——很抱歉，我并不是在说你太太。可是如果你对生命有兴趣，它绝不会令你失望。我对人生百态有兴趣。你不爱玩填字游戏，对吧，伍尔摩先生？我喜欢玩，而那种游戏就像人，每一局都有尽头，都有玩完的时候。我可以在一小时内解决任何字谜，但我对人生百态却从未有过定论，虽然我会梦想那一天的来临……哪天我带你去看看我的实验室。”

“我一定去，海斯巴契。”

“你应该多做点梦，伍尔摩先生。在我们这个时代，你大可把现实抛诸脑后。”

2

当伍尔摩回到他在拉帕瑞拉街上的店里时，米莉尚未从她的美国修女学校回来。虽然从门外他可以看到店里有两个人，但在他眼中，这店是如此空虚。多么空虚啊！一直要等到米莉回家来，这股感觉才会散去。每次走进店里他就会感到一种真空感，这感觉与他的真空吸尘器一点关系也没有。永远没有顾客填得满它，尤其是那个站在那里阅读原子炉吸尘器广告的家伙。就哈瓦那这种地方而言，他的穿着实在过于光鲜亮丽。他显然对伍尔摩的助理视而不见。罗伯兹没耐心，又不愿浪费时间离开他那本西班牙版的《秘密》。他光是瞅着陌生人看，一点儿也不打算去博取他的注意。

"Buenos dias。[1]"伍尔摩说。

他习惯用猜疑的眼光看待店里的陌生人。十年前有个人假扮成顾客进到店里来，最后诚实无欺地卖给伍尔摩一块高效能的给汽车上光用的羊毛布。当时那人的伪装无懈可击，可是今天这个，怎么看也不像是个会买真空吸尘器的人。他身材高大，文质彬彬，穿着石灰色的热带西装，搭配着一条上好的领带。他身上散发出海滩的气息以及高级俱乐部的调调：你几乎会以为他就要说出"大使要你马上去觐见"这样的话。他一身清爽，像是有专人打点——或许是海洋，或许是男仆。

"别讲外国话，拜托。"陌生人回道，仿佛那句问候是他西装上的一块污渍，早餐后发现的蛋黄，"你是英国人，不是吗？"

"是的。"

"我的意思是货真价实的英国人，拿英国护照之类的。"

"没错。你为什么问这个？"

"我喜欢和英国公司做生意。比较清楚状况，你懂我的意思吧？"

"有什么我可以效劳的吗？"

"呃，我先四处看看再说，"他的语气仿佛这里是个书店，

1　西班牙语：早安。

“我怎么说，你那个伙计都不懂。”

“你在找吸尘器吗？”

“呃，我其实没有在找。”

“我的意思是，你想买个吸尘器吗？”

“就是这个意思，老兄，你搔到痒处了。”

伍尔摩觉得这人故意用这种调调说话，纯粹是为了配合这家店的属性——这是他在拉帕瑞拉街立足的保护色。只是这种轻浮语气和他的衣服并不搭调。即使你习得了圣保罗的真传，做得出任何伪装、骗得了任何人，可是不换换衣服也难保成功吧。

伍尔摩立刻说：“那么原子炉吸尘器是上上之选。”

“我注意到这里有种叫涡轮的机器。”

“那个也非常好。你的房子大吗？”

“呃，不是太大。”

“你看，这里有两组刷子，这是打蜡用的，另一个是磨光用的——噢，不对，应该是反过来。涡轮那一款用的是空气动力。”

“那是什么意思？”

“呃，那是说，它的意思是……呃，就跟我说的一样，空气动力。”

“这里有个有趣的小东西……它做什么用？”

“那是个双向地毯喷嘴。”

“不会吧？这可太妙了，为什么需要双向？”

“你可以用推的也可以用拉的。”

“他们可真会想，”陌生人说，“我想这东西你一定卖掉不少了吧？”

“我是他们在这里唯一的代理商。”

“我想，每个重要人物都该有一台原子炉吸尘器吧？”

“或是涡轮吸尘器。”

“政府部门会买吗？”

“当然。你问这个干吗？”

“如果公家机关觉得适用，那对我也应该适用。”

“你或许会喜欢我们的迷你便利型的那款。”

“便利什么？”

“这一款的全名是——‘迷你便利空气动力小型家用吸尘器’。”

“又是空气动力。”

“这可不干我的事。”

“别发火，老兄。”

“我个人其实很讨厌‘原子炉’这几个字。”

突如其来的冲动下，伍尔摩脱口而出，可是随即深深懊恼起来。他想到，这家伙说不定是纽约或伦敦总公司派来的督察。不过，如果真是这样，那应该让他们听听真话才对。

“我懂你的意思。那实在令人不敢恭维。告诉我，你做售后服务吗？”

“每季一次，在保修期内不另外收费。”

“我是说你亲自做吗？”

“我会派罗伯兹去。”

“那个阴森森的家伙？”

“我不太懂机器这种事。我一碰那些东西，它们不知怎的就会自动罢工。”

“难道你不开车？”

“我开，不过要是哪里不对劲，我女儿负责替我检查。”

“嗯，是啊，你女儿。她人呢？”

“在学校。我试试这个快速接合器给你看。”

他试了又试，当然，怎么也接不起来。他连拉带扭忙了一阵。

“零件有瑕疵。”绝望之下，他说。

“我来试试。”陌生人说。他一出手，零件一拍即合，接得天衣无缝。

“你女儿多大了？”

“十六。”话才出口他就气自己干吗要回答。

“噢，”陌生人说，“我得走了。和你聊得很愉快。”

“你不想看看吸尘器如何操作吗？罗伯兹可以示范给你看。”

“现在不行。我们还会再见面——不是在这里就是在其他地方。”

那人带着隐约而简慢的自信说完话，便走出店门。伍尔摩这才想到，应该给他一张名片的。他看着那人被吞没在拉帕瑞拉街头广场的皮条客和彩券贩中。

罗伯兹说：“他根本没打算买。”

“那他打算干吗？”

“谁晓得？他在窗外看了我老半天。我想，要不是你正好进来，他说不定会要我帮他找个女孩。”

“女孩？”

他记起十年前的那一天，接着忧心地想起米莉。他真希望自己没回答那么多问题，而且要是能三两下就把那个快速接合器接上该有多好。

第二章

他知道米莉回来了，就像听得出一辆远远开来的警车那么准确。不过报讯的是口哨声，不是警笛。她习惯从贝尔吉卡大道步行回家，但今天却从孔波斯泰拉的方向，身后跟着那群狼。尽管不甘不愿，他得承认这些狼其实并不具威胁。这些爱慕打从她十三岁生日起便已开始，它其实是一种致敬，因为即使以哈瓦那人的高标准，米莉也是个不折不扣的美女：金黄如蜜的秀发，浓黑的双眉，连马尾都是由城里最好的理发师修剪的。她并不在意那些口哨，只是加快脚步——看到她走路，你几乎会相信世上有凌空而行这回事——对她而言，四周一片静默反而像是种侮辱。

米莉和什么信仰也没有的伍尔摩不同，她是个天主教徒。结婚前他曾对她母亲承诺过要皈依天主，而现在，他想她母亲自己大概也无所信仰吧，不过却留了个天主教徒给他。信仰使得米莉比他更亲近古巴。他知道某些富有的家庭里，少女都习惯有个姆妈在身旁调教礼仪，有时候他觉得米莉身边仿佛也有个姆妈，只是除了她自己，别人都看不见。在教堂里，她戴上轻如羽翼、透明如冬雾的绣花薄纱罩时最是惹人怜爱。而那个姆妈总是坐在她身旁，观察她背脊是否挺直，脸庞是否遮掩得宜，十字画得正不正确。

不管那些男孩是在她身旁肆意舔着糖果还是躲在柱子后面傻笑，她一径以修女般的肃穆端坐着，手中拿着她那本裹着摩洛哥毛皮、书皮颜色（她自己选的）和她的秀发一模一样的金边弥撒书，虔诚地完成整个弥撒。这个隐形的姆妈还会监督她每星期五吃鱼；在四季节[1]禁食；在星期天、教堂特殊节庆以及圣徒节日去做弥撒。米莉是她在家的小名，她的教名是瑟拉菲娜——在古巴文中意思是“第二阶级的化身”，不过这个带着神秘气质的词总是令伍尔摩联想到赛马场。

直到很久以后，伍尔摩才发现，那个姆妈并不总是与她同在。米莉在吃饭时处处一丝不苟，晚祷也绝不马虎——从她还是个孩童开始，他这个非天主教徒就经常被她拒于房门外，直到她祷告结束，而且好像他应当理解似的。瓜达卢佩圣母[2]像前也是长年点着灯。他还记得她四岁时，就无意间听到她喃喃的祷告声：“万福马利亚。”

然而，米莉十三岁那年，有一天他受邀到位于维达度高级郊区的美国修女学校去。在那里他第一次发现，那个姆妈离弃了她，并没有跟着她进入学校大门。校方的控诉十分严重：她在一个低年级男孩艾尔的身上放了一把火。修女长承认，是艾尔先拉

1 天主教会在一年的四个季节中的每一季禁食、禁欲和祈祷三天。
2 墨西哥本土化的圣母形象。

扯米莉的头发，但那也不足以构成放火的借口。如果不是另一个女孩及时把艾尔推到水池里，后果简直不堪设想。米莉唯一的辩解是：艾尔是新教徒。如果要来场宗教迫害，天主教徒一定能够打败新教徒。

“但她是怎么放火的呢？”

“她把汽油泼在他的衬衫上。”

“汽油！”

“用打火机里的汽油，然后划了根火柴。我们认为她一定偷偷抽过烟。”

“这是我听过最荒谬的事。”

“那我想你并不了解米莉。伍尔摩先生，我必须告诉你，我们的忍耐已经到了极限。”

在纵火事件前六个月，米莉把一些印有世界经典名画的明信片拿到艺术课上发放。

“我不觉得这有什么不对。”

“伍尔摩先生，十二岁的小孩不该对裸体这么有兴趣，无论那些画有多么经典。”

“全部都是裸体画吗？”

“除了戈雅[1]的那幅玛亚画像，可是她也有那幅画的裸体版。”

伍尔摩不得不恳请修女长大发慈悲——他是个可怜、没有信

1　戈雅（Francisco Jose de Goya Y Lucientes，1746—1828），西班牙近代现实主义画家，代表作有《裸体的玛亚》《穿衣的玛亚》等。——编者注

仰的父亲，却有个信仰天主教的孩子。这所美国修女学校是哈瓦那唯一一所非西班牙语系的天主教学校，而请家庭教师他又负担不起。她们总不能眼睁睁看着她被送到海姆·C.杜鲁门中学去，对不对？再说，这也违背了他对妻子的承诺。有时他私下也会想，自己是不是该再找个妻子，不过修女们一定无法忍受，更何况他依然爱着米莉的母亲。

他当然去问了米莉，而她的解释单纯至极。

“你为什么在艾尔身上放火？”

“我当时受到魔鬼的诱惑。”她说。

“米莉，讲道理一点。”

“圣徒也有被魔鬼诱惑的时候。”

“你又不是圣徒。”

“一点儿也没错，所以我才会禁不起诱惑。”

事情到此为止——至少在那天下午四点到六点的告解室中算是结束了。姆妈又回到她身边，继续监督着她。他想，但愿我能准确知道这位姆妈哪天会休假就好了。

还有偷偷抽烟的问题。

“你抽过烟吗？”他问她。

“没有。”

她的神情让他又问了一遍：“你到底有没有抽过烟，米莉？”

“只抽过方头雪茄。”她说。

而现在，口哨声预示着她的归来，他心里纳闷，为什么米莉今天是从码头方向的孔波斯泰拉回来，而不是贝尔吉卡大道。可是一看到她，他立时明白过来。她后头跟着一个年轻的商店店员，那人手上捧了一个大包裹，大到把他的脸都遮住了。伍尔摩心痛地意识到：她又去买东西了。他的店楼上就是寓所，他上了楼，立刻听到米莉在另一个房间发号施令，教那人如何处置她买回来的东西。他听到一声闷响、一阵吱嘎和金属的叮当碰撞。

“放在这里，”她说完，立刻又说，“不，那里。”

抽屉开了又关、关了又开，她开始在墙上钉钉子。他这边墙上掉下一块灰泥，落在色拉里。那是女佣准备的午餐。

米莉准时进来用餐。至今他对她的美貌仍是深深欣赏，而且拙于掩藏。但那位隐形姆妈只是冷冷地审视着他，仿佛他是个不合格的追求者。姆妈已经很久没休假了，他几乎厌憎起她的勤勉来，有时候他甚至希望她让艾尔身上再着一次火。米莉念着祷文画着十字，他则低着头，充满敬意地坐在一旁，直到她完毕。今天的祷文比较长，表示她不是很饿，要不就是想拖时间。

“爸爸，你今天好吗？”她礼貌地问。这种问候像是结婚多年的妻子。

“还好，你呢？”

他看着她，胆怯起来。他实在不愿意扫她的兴，但爱买东西这问题他已闪躲太久了。他知道她的零用钱早在两星期前就用光了，拿去买了她喜欢的一些耳环和一尊小小的圣瑟拉菲娜像。

“我今天考信条和道德律拿了高分。”

“很好，很好。考了些什么题目？”

“小罪那一部分我考得最好。”

“今天早上我和海斯巴契医生碰过面。”他说，话题明显风马牛不相及。

她礼貌地回答："希望他一切安好。"

他心想，这个姆妈未免太负责了点。大家都赞扬天主教学校的礼仪教育，但礼仪是用来应付陌生人的。不过我的确是个陌生人，他伤心地想。他无法随她进入她充满烛火、蕾丝、圣水与跪拜的陌生世界。有时候，他觉得自己根本没有孩子。

"你生日那天，他会来喝酒庆祝。然后我想我们可以上夜总会去。"

"夜总会！"姆妈这时候一定分了心，因为米莉大喊道，"噢，伟大的天父！"

"你以前都会说哈利路亚。"

"那层级太低了。去哪一家夜总会？"

"我想或许是国家俱乐部。"

"不是上海戏院？"

"当然不是。我搞不懂你怎么会知道上海戏院这种地方。"

"在学校事情传得很快。"

伍尔摩说："我们还没讨论过你的礼物。十七岁生日不比平常，我在想……"

"我什么都不想要，"米莉说，"真的，不骗你。"

伍尔摩满怀疑惑地想起那个大包裹。难道她想要的东西都已经买完了……他用恳求的语气说："总还有些你想要的东西吧！"

"没有，真的没有。"

"新的泳衣？"情急之下，他试探道。

"嗯，是有样东西……不过我们也可以把它算作圣诞礼物，还有明年、后年……都算在内。"

“老天，那是什么东西？”

“接下来很长一段时间，你都不用再操心礼物的事情。”

“可别告诉我你想要一辆捷豹吧？”

“哦，不，只是个小礼物，不是车子。可以用好多年，是个很省钱的东西。就某方面而言，还可以节约能源。”

“节约能源？”

“今天我已经把其他附件买全了——用我自己的钱。”

“你哪有自己的钱？你还向我借了三比索[1]去买瑟拉菲娜像。”

“可是我的信用很好。”

“米莉，我再三告诉过你，我不许你贷款买东西。再说，那是我的信用，不是你的，而我的额度已经每况愈下了。”

“可怜的父亲！我们就要破产了吗？”

“唉，希望这些骚乱过后，景气能够好转。”

“我想，古巴的骚乱永远不会停止。如果情况更加恶化，我可以出去工作，对不对？”

“做什么呢？”

“像简·爱一样，当个家庭教师。”

“谁会雇用你？”

“派兹先生。”

“米莉，你在胡说什么？他和他第四任太太住在一起，而你是天主教徒……”

1　墨西哥货币。

“说不定我对应付罪人特别有天分。”米莉说。

“米莉，别再胡说八道了。反正我还没破产，至少目前还没。米莉，你买了什么东西？”

“跟我来。”

他跟着她走进她的房间。一副马鞍放在她的床上，马辔和马勒吊在她才钉好的钉子上（为了钉钉子，她敲坏了她最好的一双晚宴鞋的鞋跟），缰绳垂在托架上，马鞭竖在梳妆台上。

他绝望地问：“马呢？”他几乎要相信马儿会从浴室里走出来。

“在乡村俱乐部附近的马厩。你猜她叫什么名字？”

“我怎么能猜得出来？”

“瑟拉菲娜。你说这是不是上帝的旨意？”

“可是，米莉，我不可能负担得起……”

“你用不着一次付清。她是栗褐色的。”

“颜色有什么关系？”

“她还有血统证明，出自圣特蕾莎那一系。要不是因为撞上赛马的终线，她的价格可能要比现在贵一倍。她其实没什么问题，只是肿了一块，所以他们没办法让她出场表演。”

“就算它只值四分之一的价钱我也不在乎！我们现在的生意太差了，米莉。”

“可是我已经说了，你不需要一次付清。你可以分好几年付钱。”

“说不定等它都死了我还在付钱。”

“她是母的，要说‘她’，不是‘它’。瑟拉菲娜会活得比汽车还久。说不定比你还久。”

“可是，米莉，你得跑去马厩那里骑马，还要自己训练……”

“我已经和塞古拉大队长谈好了。他本来要免费教我的，不过我知道你不喜欢我欠人家人情，所以我要他收我一点钱。”

“谁是塞古拉大队长？”

“他是维达度的警察头头。”

“你怎么会认识他？”

“噢，他常常让我搭便车到拉帕瑞拉街。”

“你们校长知道这件事吗？”

米莉沉下脸来：“每个人都应该有自己的隐私。”

“听我说，米莉，我买不起一匹马，你也买不起这些东西。你得把她退回去。”他带着恼怒加上一句，“还有，我不准你再搭塞古拉大队长的便车。”

“别担心，他从来没碰过我，”米莉说，“开车的时候他只会唱些哀伤的墨西哥歌曲，关于花儿和死亡之类的，还有一首大公牛的歌。”

“不准就是不准。我会去告诉校长，你得保证……”看到她浓眉底下的绿眼眸噙着泪水，伍尔摩开始心慌起来。多年前某个十月酷热的午后，他的妻子也是这样看着他，接着六年的婚姻生活便戛然而止。他说：“你们不是在谈恋爱吧？你和这个塞古拉大队长？”

两串泪水优雅地滑落她的双颊，泪珠闪闪发亮，有如墙上的马具。眼泪也是她的一项配备。

“我一点也不在乎什么塞古拉大队长，”米莉说，“我只关心瑟拉菲娜。她是那么美丽，有张天鹅绒般的嘴，每个人都这么说。”

“亲爱的米莉，你知道的，如果我做得到……”

“我就知道你会这么说，”米莉说，“我打心底知道。我本来以为做两回九日敬礼[1]就可以使梦想成真，可是一点用也没有。而我是那么小心，在念祈祷文的时候从头到尾诚心诚意。我再也不相信九日敬礼了，再也，再也不信了。”她的声音哀伤欲绝、回音缭绕，堪比爱伦·坡的《乌鸦》。他自己没有信仰，但也不希望自己的行为削弱了她的信仰。现在，他又感受到那种可怕的责任感；每当她否认上帝的时候，那种感觉就会袭来。过往那些古老的承诺蓦然浮现，动摇着他的意志。

“米莉，我很抱歉……”他说。

“我还多做了两次弥撒。”

她把她对古老神话的失望一股脑儿堆到他的肩头。看待别人家的孩子掉眼泪或许容易，但如果你是个父亲，你就不能像家庭教师或学校老师那样，狠心放手不管。谁敢担保在你孩子童年的哪个时刻，世界不会像时钟正点敲响时做的鬼脸那样，一夕间突然整个变了样？

“米莉，我答应你，或许明年……听我说，你可以留下马鞍，还有这些东西，到时候就可以派上用场。”

“没有马，马鞍有什么用？而且我跟塞古拉大队长说

1 Novena，出自拉丁语Novem，意为数字“九”。天主教中，为了某一特殊目的，会做一连九日的祈祷。

过……”

“该死的塞古拉大队长——你跟他说了什么？”

“我告诉他，只要我开口向你要瑟拉菲娜，你就会把她送给我。我说你人最好了。我没告诉他关于九日敬礼的事。”

“买她要多少钱？”

“三百比索。”

“噢，米莉，米莉！”他无可奈何，只有投降，“养马花的钱必须从你的零用钱里扣掉。”

“那当然，”她亲吻他的耳朵，“下个月就开始扣。”

而两人心里都很明白，那永远不可能开始。

她说：“你看，九日敬礼还是很管用的，我明天会再做一回，祈祷店里的生意变好。只是，不晓得哪个圣徒最合适？”

“我听说，对失意者而言，圣犹大是最合适的圣徒。”伍尔摩说。

第三章

1

伍尔摩有个梦想，企盼有一天一觉醒来，发现自己家财万贯，成为公司股东，领有固定丰厚的股息，就像住在维达度市郊的那些有钱人一样；然后他会退休，带着米莉一起回到英国，在那里不会有塞古拉大队长，也不会有那些小色鬼的口哨声。但每当他一走进奥比斯波的美国银行，这个梦想便会消失无踪。走过那些巨大豪华、精雕细琢的石材廊柱，他又恢复成真实生活中的小经销商，而他的津贴永远不足以带着米莉去安全的地方。

在美国银行兑现支票要比在英国银行复杂得多。美国银行家相信个人交情这回事：出纳人员总是一副碰巧在这里遇到你，为这幸运的巧遇雀跃不已的模样。“嗨，”他的笑容有如阳光般温暖，“世界这么大，真没想到会在这里碰到你，而且那么多人当中正好是你。”在交换彼此的健康状况、发现彼此对冬日的共同偏好之后，你带着羞怯，满怀歉意地把支票推上前去（多么偶发且烦人的琐事呀），但他还没来得及看一眼，肘边的电话就响了。

“怎么会是你，亨利！”声音里充满惊喜，仿佛亨利是这一天里世界上最不可能打电话来的人，“有什么消息要告诉我？”对方的消息显然不止三言两语，出纳员诡异地冲着你笑：公事公办。

“我不得不承认，艾迪丝昨晚看起来漂亮极了。”出纳员说。

伍尔摩不安地动来动去。

“那天晚上好棒，真的。我吗？噢，我很好。呃，有什么我可以效劳的吗？”

“……”

“当然好，你说什么我都照办，亨利，你知道的……十五万三年为期……不会，对你这样的公司当然不会有问题。我们必须取得纽约方面的同意，但那只是形式而已。你随时过来，和我们经理说一声就行了。按月付款吗？对美国公司我们不需要这么做。我想我们可以协调个百分之五。你说要二十万四年期？没问题，亨利。”

伍尔摩的支票在他的手里蜷缩得微不足道。三百五十元——支票上的数字和他的财富一样瘦弱。

“明天在斯莱特太太家碰面？我想可能会有个牌局。你可别赢太多，亨利。你说纽约方面下来要多久？可能两三天吧，如果发电报过去的话。明天十一点？你说了算，亨利。到时候你过来就是，我会先跟经理报告一声。他见到你准会高兴死了……抱歉让你久等了，伍尔摩先生。”

又是加上先生的称呼。伍尔摩想，或许我不值得他花工夫。或许是国籍不同，让我们显得生分。

“三百五十元？”

出纳员在数钞票之前，默默看了看档案，正待开口说话，电话又响了。

“嗨，阿什沃斯太太，这阵子你躲到哪里去了？迈阿密？真的？”

这通电话又耗去好几分钟。他把钞票推给伍尔摩，还附了一张字条。

“不介意吧，伍尔摩先生。你说过要我告知你情况的。”

字条上写着：“透支五十元。”

“不会，谢谢你的好意，”伍尔摩说，“不过没什么好担心的。”

“噢，我们不担心，伍尔摩先生。只是照您的吩咐做而已，没别的意思。”

伍尔摩心想，如果透支的数目是五万，他应该会称呼我吉姆吧。

2

那天早上，出于某种原因，他不想见到海斯巴契医生。有时候海斯巴契医生显得太无忧无虑了。因此，他没去惊奇酒吧，改去痞子乔伊酒吧喝他的晨间鸡尾酒。哈瓦那的居民从来不去痞子乔伊，因为那是游客聚集之处。但游客近来大量减少，因为现任总统的政权已经濒临瓦解。本来那些令人不快的事都是避着外人耳目在做的，不会打扰到各地的游客，不过近来有个游客丧生在流弹之下，这人当时在宫殿附近的骑楼下对着一个乞丐拍照。而这一死亡事件就有如为当地的旅游业敲起的丧钟，包括到度假胜地巴拉德罗海滩旅游以及哈瓦那的夜生活。被害者的莱卡相机也被砸得粉碎，这比具有杀伤力的子弹还要令他的同伴丧胆。伍尔摩后来在国家俱乐部听到他们谈论。“子弹直穿相机，”其中一人说道，“五百块就这么报销了。”

“他是立即毙命吗？”

“当然。而且那些镜头的碎片，你在五十码外都捡得到。你看，我就捡了一片要带回去给亨佩尔尼克先生看。”

那天早上，长吧台显得异常冷清。只有那位到过他店里的高雅陌生人坐在一端，还有个壮硕的游客警察坐在另一端抽着烟。那个英国人面对那么多酒瓶显然深受吸引，良久才注意到伍尔摩。

“真没想到！”他说，“你是伍尔摩先生，对吧？”

伍尔摩心想，他怎么知道我姓什么？上回我明明忘了给他名片。

“十八种不同的威士忌，”陌生人说，“连黑牌威士忌都有。我还没把波本酒算进去呢。真是壮观，壮观啊，”他又说了一遍，刻意压低声音，有如怀着敬意，“你看过这么多种威士忌吗？”

“事实上，我看过。我有搜集样品酒的习惯，家里就有九十九种。”

“有意思。你今天要选哪一种？来杯海格威士忌？”

“谢谢，我已经点了德贵丽[1]鸡尾酒。”

“我没办法喝那种东西，它们会让我放松。”

“你决定买哪种吸尘器了吗？”伍尔摩问，纯粹是没话找话。

“吸尘器？”

“真空吸尘器，我卖的那些东西。”

“哦，吸尘器，哈，哈！把那些东西抛一边去，先喝杯威士忌再说。”

“我不到晚上不喝威士忌的。”

“你们南方人！”

“我看不出这有什么关联。”

“它让人血气微弱——我指的是太阳。你是在尼斯出生的，对不对？”

“你怎么知道？”

“嗯，听来的，这里一点，那里一点，零零星星的。事实上，我一直想跟你聊聊。”

“那好，我人就在这里。”

“我希望找个比较安静的地方。这里人来人往的。”

这句话真是再荒谬不过。在这个大热天里，根本没有半个人走进酒吧的门。游客警察把雪茄放在烟灰缸上，睡得心满意足；刚才整整一个小时内，没有半个游客上门来需要保护或监督。伍尔摩说：“如果是关于吸尘器的事，到我店里去谈吧。”

“最好不要。我不希望被人看到我在那附近走动。酒吧还

1 Daiquiri，一种以朗姆酒为主要配料的鸡尾酒，是海明威、肯尼迪总统最爱喝的一种酒。——编者注

算是个不错的地方。想想看，你碰巧遇到本国同胞，大家聚聚聊聊。还有什么比这个更自然的？”

“我不懂。”

“你应该懂。”

“我不。”

“你不觉得这样很自然吗？”

伍尔摩放弃了。他放了八十分在柜台上，说：“我得回店里去了。”

“为什么？”

“我不能让罗伯兹一个人看店看太久。”

“啊，罗伯兹。我想跟你谈谈罗伯兹。”

这句话再次让伍尔摩觉得，那人一定是总部派来的怪督察，而下面这句低语更是诡异至极：“你到男厕去，我跟着你走。”

“男厕？我为什么要去男厕？”

“因为我不知道路。”

在一个疯狂的世界里，听话是最省事的做法。伍尔摩带领陌生人穿过后面一扇门，走了一小段过道，指指厕所。

“就是这里。”

“你先进去，老兄。”

“我又不需要。”

“别这么难缠。”陌生人说。

他一只手搭在伍尔摩肩上，把他推进门。里面有两个洗手槽，一张破损的椅子，还有寻常的柜子和便池。

“小个便，老兄，”陌生人说，“我来打开水龙头。”

他打开水龙头，却没打算洗脸或洗手。“看起来自然一点，”他解释道（他好像很喜欢“自然”这两个字），“万一有人进来的话。而且，那会扰乱麦克风的效果。”

“麦克风？”

“好问题，非常好的问题。这种地方不像会有麦克风，但这是训练，这点很重要。你会发现遵守训练规则绝对是值得的。幸好哈瓦那的水不会沿着废水管流下去。我们的水可以一直开着。”

“能不能请你解释一下……”

“我突然想到，即使在厕所里也不能掉以轻心。一九四〇年的时候，我们有个在丹麦的伙伴就从自家厕所的窗口看到德国舰队直下卡特加特。”

“谁家？”

“卡特加特海峡。他当然知道这表示事情爆发了，于是开始烧文件，把灰烬倒进马桶里，按下冲水钮。问题是，那时候是寒冬，水管结冰了，所有的灰烬都漂到楼下那户的浴缸里。那栋房子是个老小姐在住，叫巴罗宁还是什么的，她正好要去洗澡。我们那个伙伴糗到家了。”

“听来像是地下情报活动。”

“老兄，这确实是地下活动，至少小说家是这么称呼它的。这正是我要和你谈谈罗伯兹的原因。他可靠吗？或许你该开除他。”

“你从事地下情报活动吗？”

“你要这么说也可以。”

“我干吗要开除罗伯兹？他跟着我已经十年了。”

“我们可以替你找个懂真空吸尘器的人。不过，当然，自然，我们让你自己做决定。”

“我又不是你们的情报人员。”

“老兄，这点我们马上就会讨论到。其实我们已经调查过罗伯兹，他看起来是没什么问题。可是你那个朋友海斯巴契，要是我就会留意他。”

“你怎么会知道海斯巴契？”

“我已经来一两天了，来搜集线索。在这种情况下，我不得不如此。”

“什么情况？”

“海斯巴契在哪里出生的？”

“我想是柏林。”

“他是亲东边还是西边？”

“我们从来不谈政治。”

“无所谓，不管是东德还是西德，反正都是玩德国人那一套。还记得苏德互不侵犯条约[1]吧，我们可不能重蹈覆辙。”

“海斯巴契又不是政客，他是个老医生，而且在这里住了三十年了。”

“都一样，你不知道的事太多了……不过我同意你的话，如果你刻意回避他，那就太明显了，只要小心和他周旋就好。只要你应付得当，说不定他对我们很有用。”

“我干吗要应付他？”

1 1939年德国与苏联签订的秘密协议，划分了苏德双方在东欧地区的势力范围。

“因为工作需要。”

“我不需要什么工作。你为什么选上我？”

“爱国的英国人、在这里定居多年、是欧洲贸易协会备受敬重的会员。你知道，我们在哈瓦那必须有人。潜艇需要燃料。这年头独裁者同流合污，弱肉强食。”

“核潜艇不需要燃料。”

“说得对，老兄，你说得对。可是战争永远跟不上时代，我们还是得准备些传统武器。还有经济方面的情报——糖、咖啡、烟草之类的。”

“你可以在政府年鉴上找到这些数据。”

“我们不信任他们，老兄。还有政治情报。借由你的吸尘器，你随处都可以吸收到消息。”

“难道你指望我去分析那些灰尘？”

“老兄，这听在你耳里或许是个笑话，但是在德雷福斯[1]那个年代，法国情报局的主要情报来源就是德国大使馆内的一名女佣，她专门从废纸篓里搜集碎纸片。”

“我连你的名字都不知道。”

“霍索尼。”

“可是你是什么人呢？”

“呃，你可以说我是加勒比海区域网络的筹办人。等等，有人来了，我得去洗脸。你赶紧进厕所去，别让人看到我们在一

1　十九世纪末，一个任职于法国陆军参谋部的犹太裔法国人德雷福斯，由于一份未经证实的文件被罗织入罪，被判叛国并送恶魔岛监禁折磨。后在其妻与各方人士奔走之下，十数年后终得平反，是为德雷福斯事件。

起。”

“可是已经有人看到我们在一起了。”

“那时我们只是不期而遇的两个英国人，”他把伍尔摩推进小隔间，自己冲到水槽前，“这是训练，你应该知道。”

之后是一阵静默，只听到水龙头的水流声。伍尔摩坐下，因为无事可做。门板下半部是空的，所以他还是露出半截腿。有人转动门把。一双腿在瓷砖地板上走过，走向便池。水继续流着。他感到一阵迷惑。他不懂自己为什么不一开始就摆脱这桩大乌龙。难怪玛丽要离开他。他想起有一回他们吵架。“你为什么不采取行动，做点事情？不管是什么事都好。而你光是呆呆站在那里……”他想，至少这回我不是站着，我是坐着。话说回来，他能说些什么呢？他根本没有插嘴的余地。

时间一分一秒过去了。古巴人的膀胱还真大，霍索尼的手恐怕洗得快脱皮了。水声停了，照理说他现在应该在擦手才对，不过伍尔摩想到，厕所里并没有毛巾。这对霍索尼恐怕又是一个挑战，不过他应该可以解决。反正都是训练的一部分。那双脚终于走向门口。门开，门关。

“我可以出来了吗？”伍尔摩问。这话听来仿佛是投降，他现在听命于人。

他听到霍索尼蹑手蹑脚走近他。

“老兄，给我几分钟时间离开。你知道刚才是谁吗？是那个警察。有点可疑，对吧？”

“他可能从门底下认出我的脚来。你觉得我们是不是该把裤子对调一下？”

“那样看起来不自然，”霍索尼说，“不过你算是有点概念了。我把我房间的钥匙留在水槽底下。塞维尔·比尔特摩酒店[1]五楼。直接上楼来，今晚十点，有要事相谈，关于钱和任务等。不要向一楼服务台问起我。”

“你自己不需要钥匙吗？”

“我有万能钥匙。到时候见。”

伍尔摩站起身，正好看到那优雅的身影走出门外。

他在水槽下找到钥匙——501室。

3

晚上九点半，伍尔摩到米莉的房间去道晚安。在这里，姆妈尽忠职守，每件东西都安排得井然有序——烛光在瑟拉菲娜像前闪耀，蜜糖色的弥撒书整齐地放在床边，衣服收拾得完全不见踪影，空气里散发着古龙水的淡香。

“你有心事，”米莉说，“你还在担心，对不对？担心塞古拉大队长吗？”

“你绝不会取笑我，对不对，米莉？”

“当然不会，为什么这么问？”

“其他人都会取笑我。”

“妈妈也是吗？”

1 哈瓦那一家历史悠久的酒店，1908年开始营业。

“我猜也是，在刚结婚的时候。”

“海斯巴契医生呢？”

他想起那个一跛一跛的黑人。他说：“或许吧，有时候。”

“那是亲密的表现，不是吗？”

“有时候并不是。我记得在学校的时候——”他没往下说。

“你记得什么，爸？”

“哦，很多事。”

童年是一切猜疑的温床。孩子们残忍地相互取笑，而在取笑他人的过程中，你会忘记被取笑的痛苦。可是不知为什么，他对此始终无法适应。或许是因为他没有个性。照学校的说法，削去一个人的棱角可以塑造一个人的个性。他的棱角确实被削去了，却没有塑造成个性——他只是一个没有形状的角色，就像现代艺术博物馆中的展示品。

“你快乐吗，米莉？”他说。

“噢，我很快乐。”

“在学校里快乐吗？”

“快乐。为什么会不快乐？”

“没有人再扯你的头发了？”

“当然没有。”

“你也不再放火烧人了？”

“我那时候才十三岁！”她嗔怪道，“爸，你到底在烦恼什么？”

她坐在床上，穿着白色尼龙睡衣。姆妈在的时候，他爱她，姆妈不在的时候，他更爱她：他不能浪费时间不去爱她，因为他负担不起。他只能陪她走生命的一小段旅程，其余的她非独自走完不可。分离的时刻逐渐逼近他们，他的生命已愈渐萧瑟，而她的则日益丰盈。这个傍晚真真实实地存在，而那个荒谬又神秘的霍索尼、残暴的政府与警察、在圣诞岛测试新式氢弹的科学家以及签署备忘录的赫鲁晓夫，他们是何其虚无缥缈，甚至不如他在寄宿学校那些成效不彰的磨炼来得真实。他忽然记起那个爱带湿毛巾的小男孩，他现在在哪里？暴行来来去去，留下蹂躏后的满目疮痍。它们的手段日新月异，但去年他和米莉在马戏团看到的那个小丑却是永恒的，因为他要的把戏从未改变。这才是活着的正确方式。政客的反复无常和科学上众多的伟大发明，对那小丑毫无影响。

伍尔摩对着玻璃窗做鬼脸。

“爸，你在做什么呀？”

“我想逗自己笑。”

米莉咯咯笑出声。

“我还以为你是个忧愁又严肃的人。”

“所以我才要笑。你记得去年我们看到的那个小丑吗？”

“他从一架梯子上失足掉进一个装着石灰粉的桶里。”

“他每天晚上十点钟都会掉进去。我们应该学习小丑们，米莉。不要从经验中学习。”

“可是校长说……”

“别管她说什么。上帝就不会从经验中学习，对不对？要不然他怎么可能对人类抱有任何期望？给这个世界带来麻烦的，正是那些喜欢加来减去求取同值的科学家。牛顿发现了地心引力，他从经验中学习，结果……”

“我还以为他是从一颗苹果学来的。”

“意思都一样。卢瑟福对原子分裂的研究念念不忘，他就是从经验中学习——广岛的居民也是。如果我们都生为小丑，除了一些瘀伤和石灰泥污渍外，我们不会有更严重的伤害。不要从经验里学习，米莉，它会毁了我们的和平和生活。”

“你在做什么？”

“我想动动耳朵。我以前做得到，现在不行了。”

“你对妈妈还是耿耿于怀吗？”

“有时候。”

“你还爱她吗？”

“大概吧，偶尔。”

“我猜她年轻的时候一定很漂亮。”

“她现在也不老，三十六。”

“那已经很老了。”

“你一点也不记得她了吗？”

“不是很清楚。她经常不在家，对不对？”

“常常不在。”

“不过我还是替她祷告。”

“你祷告什么呢？祈祷她回家来？”

“噢，当然不是，没有她我们照样过得很好。我祈求她能够回头，再当个好天主教徒。”

“我就不是个好天主教徒。”

“哦，那不一样。你只是太顽愚。”

“没错，我想我真是这样。”

“我不是在侮辱你，爸，那只是神学上的说法。你还是会得救，就跟好的异教徒一样，你知道，像是苏格拉底，还有开芝瓦约。”

“开芝瓦约是谁？”

“他是祖鲁族的国王。”

“你还祈祷些什么？”

“呃，最近的重点当然是关于马的事情。”

他亲吻她，道了晚安。她问：“你要去哪里？”

“我得去张罗那匹马的事。”

“我替你惹了好多麻烦，”她不经意地说完，接着满足地叹口气，将被单拉到脖子上，“真是奇妙，不是吗？不管你祈祷什么总是能够如愿。”

第四章

1

每个街角都有人冲着他喊“出租车”，把他当作在城里漫游的陌生人。他沿着帕萨奥街走着，每隔几码路就有皮条客来招呼，那些人并不是真心抱着希望，只是机械反应：“需要服务吗，先生？”“我认识所有漂亮的女孩。”“你要什么货色我都有。”“明信片要不要？”“想看小电影吗？”他刚来哈瓦那的时候，这些皮条客都还只是孩子，多半替他看过车，赚个一两块钱。而尽管他一路看着他们长大，他们依然不习惯有他存在。在他们眼中，他永远是个游客，住再久也不是这里的居民，所以老是纠缠着他——他们认为他迟早会和其他人一样进“旧金山”妓院去看超人表演。他们就像那个小丑，从来不从经验中学习。这至少是个安慰。

在瓦杜德街转角，海斯巴契医生在惊奇酒吧里大声叫住了他。

“伍尔摩先生，你匆匆忙忙要上哪儿去？”

“我和人有约。”

“总有时间喝杯威士忌吧！”从他说话的声调听来，显然他已喝了不少。

“可是我已经迟到了。”

“这个城市没有迟到这回事，伍尔摩先生。而且我有礼物要送你。”

伍尔摩从帕萨奥街走进惊奇酒吧。他心头想起一件事，勉强微笑道：“你是亲东边还是亲西边，海斯巴契？”

“东边还是西边？噢，你是说那个啊！两边我都讨厌。”

“你有什么礼物要送我？”

“我请我一个病人从迈阿密带回来的。”海斯巴契说。

他从口袋里拿出两瓶威士忌样品酒：一瓶卡尔费特，一瓶老泰勒。

“这两种你有吗？”他热切地问。

“只有卡尔费特，泰勒没有。你真好，还记得我有收藏样品酒的习惯，海斯巴契。”

这种情况总会让伍尔摩有股怪异的感觉：即使他不在场，人们心里还是有他的存在。

“你现在总共搜集多少了？”

“波本和爱尔兰共一百瓶，苏格兰有七十六瓶。”

“你打算什么时候把它们喝掉？”

“或许等到满两百瓶的时候。”

“如果我是你，你猜我会怎么做？”海斯巴契说，“下西洋棋。吃掉对方一个棋子就喝一瓶。”

“这点子不错。”

“自然地让出优势，”海斯巴契说，“这正是它的绝妙之处。下得好的人就得多喝。想出一招好棋步，再喝一瓶威士忌。”

“或许我会试试看。”

“我需要你帮个忙，今天早上我被黄蜂蜇了一下。”

“你才是医生，我不是。”

“重点不是这个。一个小时后，机场那里有人要我出急诊，在路上我轧死了一只鸡。”

“我还是不懂。”

“伍尔摩先生，伍尔摩先生，你的脑袋神游得太远了！拜托你回到现实中来。我们得马上找到一张彩券，在开奖前找到。27代表黄蜂，37代表鸡。”

“但是我跟人有约。”

“什么约都可以等。把那杯威士忌喝了，我们得到市场上去逮住那张彩券。”

伍尔摩随着他走向他的车。就像米莉一样，海斯巴契也有信仰。主宰他的是数字，一如米莉受制于那些圣徒。

红红蓝蓝的热门数字挂满了整个市场，不好的数字则被遗忘在柜台下，等着街上的兜售小贩拿去处理掉。这些不好的数字缺乏重要的象征，数字里没有代表修女或猫的号码，也没有黄蜂和鸡。

“看，那里有2、7、4、8、3。”伍尔摩指向一张彩券。

“有黄蜂但是没有鸡，不好。”海斯巴契医生说。

他们停了车，下来走路。这个市场没有皮条客。彩券是正经的生意，尚未被游客腐蚀。每星期政府某个部门会发放彩券，每个政客可依照赞助金的多寡分配到一定数量的彩券。每张彩券他付十八元给政府部门，以二十一元转售给中盘商，所以即使只分到二十张，一星期还是会有六十元落袋。而中盘商这里，热门的好数字有时可以卖到三十元之多。街上那些默默无闻的兜售小贩当然享受不到这样的利润，他们手上只有被挑剩的烂号码，还得花二十三元才买得到，挣钱之辛苦可见一斑。他们会把一张彩券分成一百小张，每一小张卖二十五分钱；他们会在大小停车场流连不去，为的是找到和彩券相同号码的车牌（少有车主能够抗拒这样的巧合）；他们甚至会翻遍电话簿，然后冒着损失五分钱的风险打个电话："先生，我手上有张彩券待售，号码和你的电话一模一样。"

伍尔摩说："看，这张有37和72。"

"还不够好。"海斯巴契回答得直截了当。

海斯巴契医生在那堆被认为不够好、不值得摆出来的彩券里翻找。谁也说不准，好东西不见得人人识货，或许有些人就觉得黄蜂不重要。一声警笛尖锐地划过市场外围漆黑的夜空，一辆警车疾驰而过。有个人坐在人行道上，衬衫上只写着一个数字，活像个囚犯。海斯巴契说："红鹰。"

"红鹰是什么人？"

"当然是塞古拉大队长，"海斯巴契医生道，"你的生活还真是与世隔绝。"

"为什么叫他红鹰？"

"因为他对严刑拷打特别有一套。"

"严刑拷打？"

“这里没有什么好挑的了，”海斯巴契医生说，“我们最好去奥比斯波试试。”

“为什么不等到明天早上再说？”

“这是开奖前最后一天。还有，伍尔摩先生，你的血管里流的到底是哪种血，怎么这么冷呢？这种启示千载难逢——黄蜂和鸡——你必须刻不容缓去追寻它。好运来的时候一定要把握。”

两人上了车，朝着奥比斯波方向开去。

“这个塞古拉大队长——”伍尔摩开口道。

“怎么样？”

“没事。”

半夜十一点，他们终于找到一张海斯巴契医生满意的彩券。卖彩券的那家店就要打烊了，一时间他们除了再喝一杯外，没别的事可做。

“你跟人约在哪里？”

伍尔摩说：“塞维尔·比尔特摩酒店。”

“在哪里喝都一样。”海斯巴契医生说。

“你不想去惊奇酒吧吗……”

“不，不，换换口味也好。要是你觉得自己无法忍受换酒吧喝酒，那就表示你老了。”

他们在塞维尔·比尔特摩那幽暗的酒吧中摸索前进，只能依稀觉察到其他客人的存在。那些人蜷坐在沉默与阴影中，好似愁苦的伞兵等着跳伞的信号。只有海斯巴契医生兴高采烈，情绪高涨，压都压不住。

“你还没赢呢。”

伍尔摩轻声道，想让他克制点。而即使那么小声，依然引得一个人在黑暗中带着谴责转过头来。

“今天晚上我已经赢了，”海斯巴契医生高声而坚定地说，“明天我或许会输，但谁也夺不去我今晚的胜利。十四万哪，伍尔摩先生。可惜的是，我这把年纪吸引不了女人，要不然我可以送条钻石项链给哪个美人，让她高兴高兴。我该怎么花那些钱呢，伍尔摩先生？捐给医院吗？我拿不定主意。”

“对不起，”黑暗中有个声音轻轻说，“这家伙真的赢了十四万？”

“没错，先生，我赢了，”海斯巴契医生抢在伍尔摩之前回答，“我赢了，就跟你的存在一样确切，这位黑暗中的朋友。如果我不相信你的存在，那你就不存在，就像那些钱一样。而我相信，所以你才存在。”

“你说我不存在，那是什么意思？”

“朋友，你只存在于我的脑海里。要是我离开这个房间……”

“你是个疯子。”

“那么，请证明你的存在。”

“什么意思，要我证明？我当然存在。我在房地产界飞黄腾达，我有个太太和几个孩子在迈阿密，我今天早上搭乘达美航空到这里来，我现在正在喝威士忌，不是吗？”他的声音听起来几乎要哭了。

“可怜的家伙，”海斯巴契医生说，“你应该是个比我更具想象力的创造者。我何不来帮你想比迈阿密和房地产更棒的东西？某种富有想象力的东西，一个令人印象深刻的名字。”

“我的名字哪里不对了？”

吧台两端的伞兵们颇不以为然，一个人在跳伞前不应该显露他的紧张。

“我只要动动脑筋，没什么挽回不了的。”

“你到迈阿密去，随便找个人问问亨利·摩根……”

“我真的可以想出一些更好的。不过，我告诉你我会怎么做，”海斯巴契医生说，“我会走出这酒吧，在外头待一分钟，把你消除掉，然后带着一个更好的版本回来。”

“什么意思，一个更好的版本？”

“如果是由我的朋友伍尔摩先生来创造你，你会是个比现在快乐的人。他会给你一个牛津的学历，一个像是‘潘尼菲勒’的名字……”

“什么潘尼菲勒？你喝多了。”

“没错，我是喝多了。喝酒令人想象力迟钝，所以我才会把你想成这么庸俗：迈阿密和房地产，搭乘达美航空。如果是潘尼菲勒，他会从欧洲来，搭乘荷兰航空，喝他家乡的酒，杜松子酒。”

“我正在喝威士忌，而且我喜欢喝。”

“你认为你是在喝威士忌，或者更正确地说，是我想象你在喝威士忌。可是我要改变这一切，”海斯巴契医生开心地说，“我要离开大厅，想办法改进改进。”

“你不可以这样耍我！”那人说，声音透着焦虑。

海斯巴契医生一饮而尽，放了一块钱在吧台上，动作不太优雅地站起身。

“你会因此感激我的，”他说，“你会是什么模样呢？相信我和这位伍尔摩先生吧。你想当画家、诗人——或者你偏爱冒险刺激的生活？杀手，还是情报员？”

他在门口对着那个气恼的影子鞠了个躬。

“我为想象你从事房地产而道歉。”

那声音紧张起来，寻求周遭的认可：“他喝醉了，要不就是疯子。”

可是那些伞兵什么也没回他。

伍尔摩说：“我得对你道晚安了，海斯巴契。我迟到了。”

“至少让我陪你去，跟对方解释你为什么迟到。我相信只要我把幸运号码的事告诉你的朋友，他就会理解的。”

“不需要，真的不需要。”伍尔摩说。

他知道霍索尼一定会妄下结论。一个头脑清楚的霍索尼（如果有这样的人存在的话）已经够糟了，要是变成个多疑的霍索尼……想到这里，他心惊胆跳。

他快步走向电梯，让海斯巴契医生在后头蹒跚追赶。海斯巴契医生没注意到红色的警示灯和“小心慢行”的警示标语，脚绊了一下。

“噢，老天，”他说，“我的脚踝。”

“回家去吧，海斯巴契。”

伍尔摩几乎是绝望地恳求着。他走进电梯，但海斯巴契突然加紧脚步，跟了进来。他说：“没什么痛苦是金钱治不了的，我已经好久没这么快活了。”

“六楼，”伍尔摩说，“我要一个人去，海斯巴契。”

“为什么？对不起，我在打嗝。”

“这是个私人会面。”

“跟秘密情人吗，伍尔摩先生？那我应该分你一点我赢的钱，让你去当冤大头。”

“当然不是。是公事，就这么简单。”

“私人的公事？”

“我已经说过了。”

“吸尘器有什么好神秘的，伍尔摩先生？”

“是一家新的代理商。”伍尔摩说。这时电梯服务生喊道：“六楼到了。”

伍尔摩先一步进入，而且他的脑袋比海斯巴契更清醒。一格格牢房般的房间围绕着一个长方形露台而建，底楼处有两颗秃头向上反射出光芒，恍如路灯。他跛着腿走到露台转角，也就是楼梯所在。海斯巴契医生摇摇晃晃紧跟其后，但伍尔摩可是训练有素的。

“伍尔摩先生，”海斯巴契医生叫道，“伍尔摩先生，我愿意投资十万元……”

伍尔摩一口气走下楼梯，而海斯巴契医生还在努力步出他的第一阶。501室离楼梯不远。他用钥匙打开门。一盏昏黄的灯照着空无一人的客厅。他轻轻关上门——海斯巴契医生还没走完楼梯。他静静站着，侧身听着海斯巴契医生的脚步和打嗝声从门前过去，逐渐远去。伍尔摩心想，我就像个间谍，我的举止简直就像个间谍，太荒谬了。明天早上我该怎么跟海斯巴契说？

卧房的门关着，他走向它，却突然停下脚步。还是不要自找麻烦的好。如果霍索尼真的需要他，就让他主动找上门来，何必去惊扰他？可是出于对霍索尼的好奇，他决定临走前对这个房间察看一番。

书桌上有两本书。两本一模一样，都是兰姆的《莎士比亚故事选集》。还有一张便条纸，上面大概是霍索尼对这次会面记下的重点：1.薪水；2.开销；3.传讯；4.查尔斯·兰姆；5.墨水。他正准备翻开兰姆的书，一个声音说道："双手举起来，"接着用西班牙语又说了一遍，"Arriba los manos。"

"是Las manos。"伍尔摩纠正那人。他意识到是霍索尼。

"啊，原来是你。"霍索尼说。

"我来晚了，很抱歉，我跟海斯巴契出去了。"

霍索尼穿着丝质睡衣裤，口袋上绣着H.R.H的姓名缩写，整个人因此显得尊贵气派。他说："我睡着了，后来听到你走动的声音。"表情活像被人逮到说不出约定暗号似的，他甚至还没来得及披上衣服。他说："你动了兰姆的书。"那语气带着责备，仿佛他是救世军的教堂主管。

"很抱歉，我只是随便看看。"

"没关系。这表示你有干这行的天赋。"

"你好像很喜欢那本书。"

"其中一本是给你的。"

"可是我已经读过了，"伍尔摩说，"好几年前读的。再说，我不喜欢兰姆的书。"

"它不是用来读的。你从来没听说过书码吗？"

"事实上——没有。"

"我马上就教你怎么用。我这里会保留一本，你和我联络的时候，只要指出编码的起始页数和行数就行了。当然，这不像机械码那样难解，不过对海斯巴契这号人物算是难的了。"

"我希望你能够忘掉海斯巴契医生这个人。"

"等你的办公室组织妥当，具备了足够的安全设施——有密码锁的保险箱、无线电报机、训练有素的工作人员以及各种必备的装置，我们当然会舍弃掉这种原始的密码。不过，除了译码专家，一般不知道书名和版本的人想要破解这套书码可是难如登天。"

"你为什么选择兰姆的书？"

"除了《汤姆叔叔的小屋》之外，只有这本书同时买得到两本。我当时很匆忙，离开前又得在金斯敦的C.T.S书局买点东西。噢，还有一本叫作《明灯：晚祷手册》的书，不过我想，除非你是教徒，否则书架上摆这本书岂不可疑？"

"我不是教徒。"

"我还买了一些墨水给你。你有电水壶吗？"

"有，怎么了？"

"用来拆信。我们希望我们的人都有完善的应变设备，以防万一。"

"要墨水干什么？我家里多得很。"

"当然是隐形墨水，在你不得不靠普通邮件寄东西时用。你女儿应该有针吧？"

"她不织毛线的。"

“那你得去买一根。最好是塑料的，钢质的有时会留下痕迹。”

“留下痕迹？留在哪里？”

“在你打开的信封上。”

“我干吗要打开什么信封？”

“你说不定要检查海斯巴契医生的信件。当然，你得在邮局找个副手。”

“我严正拒绝……”

“别这么难缠。我知道有人从伦敦寄信给他。等看过信后，我们再决定如何处置。还有个小诀窍，如果墨水用完了，用鸟屎也可以。我说得太快了吗？”

“我还没说我愿意……”

“伦敦方面同意每个月给你一百五十元，另加一百五十元作为开销支出——当然，你必须说明用途，例如支付给副手之类的。要是超出这个预算，必须另外申请。”

“你想得太远了……”

“想想看，不用缴税。”霍索尼顽皮地对他眨眨眼，这动作显然和他睡衣上尊贵的缩写图案颇不相称。

“你得给我一点时间……”

“你的代号是59200-5。”他骄傲地补上一句，“当然，我是59200。你手下的情报员就是59200-5-1、59200-5-2，一直这样编下去。懂了吗？”

“我不懂，我对你怎么可能有用？”

“你是英国人，不是吗？”霍索尼回答得简单利落。

“我当然是英国人。”

“那么你拒绝为祖国服务吗？”

“我不是那个意思。可是店里的事已经够我忙的了。”

“那是个非常好的掩护，”霍索尼说，“考虑得非常周密。你的职业看起来很自然。”

“它本来就很自然。”

“好了，如果你不介意，”霍索尼语气坚定，“我们该仔细谈谈我们的兰姆了。”

2

“米莉，”伍尔摩说，“你没吃你的麦片粥。”

“我已经不吃麦片粥了。”

“你只在咖啡里加了一小匙糖。你在节食，是不是？”

“没有。”

“在做苦行告解吗？”

“不是。”

“还不到中午，你就会饿扁了。”

“这我知道。我会吃一大堆可怕的马铃薯。”

“米莉，到底怎么了？”

“我要节俭一点。那天晚上，我突然发觉我对你是个多么沉重的负担。我好像听到有个声音对我说话，当时我几乎脱口说出‘你是谁？’但是我害怕它会说‘我是神，是你的主。’我的年纪到了，你知道。”

“什么年纪？”

“出现那种声音的年纪。我现在比特蕾莎修女进修道院的年纪还要大。”

“米莉，别告诉我你打算……”

“不，我不会的。我想塞古拉大队长说得对，他说我不是进修道院的料。”

“米莉，你知道他们叫塞古拉大队长什么吗？”

“知道，红鹰。他虐待犯人。”

“他承认吗？”

“呃，和我在一起的时候，他当然会表现出最好的一面。可是他有个人皮制的烟盒，他还推说那是小牛皮——他以为我认不出小牛皮是什么样子。”

“你必须离他远一点，米莉。”

“我会的，慢慢来。可是我必须先安排好驯马的事。这让我想起那个声音。”

“那个声音怎么说？”

“它说——在午夜里，那听起来像是天启——‘贪多嚼不烂，这根本非你能力所及，我的女孩。乡村俱乐部的事如何了？’”

“‘乡村俱乐部的事如何了’？”

“只有在那里我才能真的骑马，但我们不是会员。马关在马厩里有什么用？塞古拉大队长当然是会员，但我知道你不会希望我找他帮忙。所以我想，或许我可以少吃一点饭，帮你减少家里的开支……”

“什么……”

“这样你或许就负担得起会费了。入会的时候，你得把我的名字登记为瑟拉菲娜，那听起来比米莉适合多了。”

在伍尔摩听来，她说的一切都言之成理。而只有霍索尼，才真正属于那个残忍又不可理喻的儿童世界。

伦敦现场

霍索尼踏进了伦敦麦达维尔邻近的一栋钢筋水泥大型建筑物的地下室，待门上的灯由红转绿，走了进去。他把他一身的优雅留在加勒比海，现在换穿一套灰旧的法兰绒西装。在老家，他无须刻意保持光鲜的外表。他只属于伦敦灰暗的一月。

主席坐在桌子后面，桌上一个巨大的大理石镇尺压着一张薄薄的纸，上面还有喝了一半的牛奶，一罐灰色药丸，一盒舒洁面纸，面纸旁边则是一款黑色电话（红色那部是干扰窃听用的）。黑色外套、黑色领带以及遮住一只眼的黑色单片眼镜，他给人一种殡葬从业者的印象，一如这地下室所营造的气氛——一间密室，一个陵寝，一座坟墓。

“你找我吗，长官？”

“只是聊聊，霍索尼，就是聊聊天。”他的语气低沉，像是在葬礼上沉默了一天后第一次开口说话，“什么时候回来的，霍索尼？”

“一星期前，长官。星期五我要回牙买加。”

“一切都顺利吗？”

“我想我们加勒比海地区的情报网已经建立好了，长官。”霍索尼说。

“马提尼可岛[1]呢？”

“没问题，长官。你记得吧，在法兰西堡我们是和法国第二局合作。”

“只是某种程度吧？”

“噢，是的，当然只是某种程度。海地比较麻烦，但59200–2相当活跃。我对59200–5比较没把握。”

“59200–5？”

“他是我们在哈瓦那的人，长官。那里的选择不多，而一开始他对这份工作似乎不太热切，有点顽固。”

“有时候这种人反而发展得最好。”

“没错，长官，不过我有点担心他的人际交往。那里有个叫海斯巴契的德国人，但我们还没发现他有什么异常。无论如何，他似乎有所进展了。我离开金斯敦的时候，还收到一份额外支出的申请。”

“那一向是个好兆头。”

“没错，长官。”

“表示那人的想象力已经开始运作。”

“确实。他想要成为乡村俱乐部的会员，那里头全是有头有

1 加勒比海之法国属地，首府是法兰西堡。

脸的百万富翁，是政治与经济消息的最佳来源。会费很贵，比白人俱乐部还要贵上十倍，不过我批准了。”

“你做得对。他的报告如何？”

“呃，事实上，我还没收到任何报告。他得花一段时间去组织他的情报网。或许我是太过于顾虑安全性了。”

“没有的事。安全至上，‘烧断的保险丝一点用也没有’。”

“他现在的处境相当有利，可以接触到许多政府官员和外交使节。”

“哈！”主席说。

他拿下单片眼镜，用一张面纸擦亮。他失去的那只眼装着玻璃眼球，浅浅的蓝，不像真的眼睛，倒像是从那种会叫“妈咪”的洋娃娃身上取下来的。

“他是做什么生意的？”

“噢，他是进口商，机械器材之类的。”

雇用社会地位良好的情报人员，对自己前途总有推波助澜的效果。所以详细记载着拉帕瑞拉街那家寒酸商店的秘密档案，在正常情况下，永远也进不了这个地下室。

“他以前为什么不加入乡村俱乐部？”

“呃，我想他宁可过着隐逸一点的生活。家里有些麻烦。”

“希望不是和女人纠缠不清吧？”

“噢，绝不是那样的事，长官。他妻子离开他，和一个美国人私奔了。”

“那他不会反美吧？那样的偏见在哈瓦那不可能立足。我们得和美国人合作——当然，只是某种程度上。”

"噢，这你放心，他是个性情平和的人。离婚的事他处理得很好，还依照妻子的愿望把小孩送到修女学校去念书。听说圣诞节他还会发电报向她问好。我相信等他的情报网部署好了，他的报告一定会是百分之百可靠。"

"相当感人——我是说那孩子的事。霍索尼，嗯，给他一点刺激，好让我们称称他的斤两。要是他真如你所说的那么好，说不定我们可以考虑扩大他的编制。哈瓦那可能是个关键地点，共产党专挑动乱的地方去。他都怎么和你联络？"

"我要他每星期送个一式两份的报告到金斯敦去，我留一份，另一份寄来伦敦。我还给了他一本书当作传讯的书码，他会通过大使馆传讯。"

"他们不喜欢我们这样做。"

"我跟他们说这只是暂时性的。"

"如果他真的不错，我建议让他设置一个无线电报单位，他可以扩充他的人手。你觉得怎么样？"

"噢，当然好。可是——你知道他的办公室不大，是很传统的那种。你也知道，这些商业冒险家是怎样勉强维持的。"

"我了解，霍索尼。破旧的小桌子，半打人挤在一个只能容纳两个人的小房间，过时的会计系统，女秘书一待就是四十年。"

霍索尼放心了，主席已经扛下了责任。即使有一天他读到那家小店的秘密档案，那些文字也影响不了他了。拉帕瑞拉街上那家卖吸尘器的小店，早已淹没在主席栩栩如生的想象力里，它的真貌已不复可寻。59200-5情报员已经得到认可。

"那是这人性格中的一部分，"主席向霍索尼解释着，仿佛推开拉帕瑞拉那扇门的人不是霍索尼，而是他自己，“这种人无时不在锱铢必较、冒险求利，所以不会成为乡村俱乐部的会员——这和他破碎的婚姻无关。霍索尼，你太浪漫了。他的生命里女人来来去去，但我想永远不及他的工作来得重要。如何善用一个情报员，秘诀在于了解他。我们在哈瓦那的人属于——你可以说属于吉卜林[1]那个年代。我想，在他墨渍斑驳的书桌某处，一定放着一本以便士为记账单位的古旧牛皮账簿，详细记载着他的第一笔生意：四分之一份印第安橡胶，六盒钢制笔尖……”

“我不认为他的年代可追溯到钢制笔尖那么久远，长官。”

主席叹了口气，重新戴上墨镜，他那只天真的娃娃眼又回到隐遁状态。

“霍索尼，细节并不重要，”主席说，声音带着恼怒，“可是你若想成功地掌握他，你必须找到那本账簿——我是打个比方。”

“是的，长官。”

“你刚才说他之所以过着退隐的生活，是因为妻子的缘故。那是个错误的推想，霍索尼。像他那样的男人反应不会是如此。他不会张扬他的失落，不会让你察觉他的悲伤。如果你的推想正确，那么在他妻子去世之前，他为什么不加入俱乐部？”

“她只是离开他。”

“离开他？你确定？”

“相当确定，长官。”

1　鲁德亚德·吉卜林（Rudyard Kipling，1865—1936），英国小说家、诗人，1865出生于印度孟买，1907年获得诺贝尔文学奖，成为英国第一位获此奖的作家。——编者注

“哈，那表示她一直没找到那本账簿。把它找出来，霍索尼，那他一辈子就是你的人了。我们刚才谈到哪里了？”

“他办公室的人员编制。长官，对他而言，吸收大量新员工并不容易。”

“我们可以慢慢将旧员工淘汰，遣散他原来的秘书……”

“事实上……”

“当然这只是猜想而已，霍索尼，毕竟他也可能根本不是我们想要的人。这些老派的生意人，殷实可靠，但有时眼光过于短浅，不合我们这样的人使用。他的第一份报告可以帮我们做个判断，但事先规划总是好的。你去问问杰金森小姐，看她那里有没有会讲西班牙语的人。”

霍索尼搭乘电梯一层层往上升，好似从火箭上俯看这个世界。整个西欧在他眼底下往下沉，接着是中东，然后是拉丁美洲。杰金森小姐四周环绕着密密的档案柜，看上去宛如一条条梁柱环绕着一个老去的神殿。大家只知道她姓杰金森而不知其名。至于这栋楼里的其他人，出于莫测高深的安全考虑，则是一律以教名相称。霍索尼进门的时候，她正在口授秘书打字：“给A.O.的备忘录。安吉丽卡已经转至C.5，周薪提高为八英镑，这项调薪务必立即生效。我知道你不赞成调薪，所以我必须告诉你，安吉丽卡的财务状况已经岌岌可危，快要去当公共汽车售票员了。”

“什么事？”杰金森小姐尖声问。

“主席要我来见你。”

“我没有人可以给你。”

“我们并不急着现在要人，只是先探探情况。”

“艾瑟儿，亲爱的，打个电话给D.2，告诉他不许叫我的秘书加班到七点以后，除非国家发生紧急事件。而且即使战争爆发或是可能爆发，也得先通知我们那群秘书才行。”

“我们在加勒比海可能需要一个会说西班牙语的秘书。”

“我没有人可以给你。”杰金森小姐说，像个机械人。

“哈瓦那——小小的一个站，气候很好。”

“组织有多大？”

“目前只有一个男人。”

“我不是婚姻介绍所。”杰金森小姐说。

“一个中年男人，他有个十六岁的小孩。”

“已婚？”

“可以这么说。”霍索尼含混带过。

“他稳定吗？”

“稳定？”

“可靠、安全、个性沉稳？”

“噢，没错，没错，这点你放心。他是那种老派的生意人，”霍索尼随口套用主席所说的话，“白手起家的那种，对女人没兴趣，可以说已经摆脱了对性的需求。”

“没有人能够摆脱对性的需求，”杰金森小姐说，“我必须为我送出国的女孩负责。”

“我还以为你手上没有人选。”

“这个嘛，”杰金森小姐思索着，“在这种情况下，或许我可以把贝翠丝给你。”

“贝翠丝？杰金森小姐！”一个抗议的声音从档案柜后传出。

“我说了贝翠丝，艾瑟儿，就是贝翠丝。”

“可是，杰金森小姐……”

“贝翠丝需要一点实务经验，这一点她的确有待加强。这个任务适合她。她不会太年轻，又喜欢小孩。”

“这个职务需要的，”霍索尼说，“是个会说西班牙语的人。喜不喜欢小孩不重要。”

“贝翠丝有一半法国血统。她的法语说得比英语好。”

“我是说西班牙语。”

“差不了太多，两个都是拉丁语系。”

“或许我可以见见她，和她谈一谈。她算是训练有素吗？”

“她是个很好的译码员，上过显微摄影的课程。她的速记不太好，打字却是一流。她对电动力学懂得很多。”

“那是什么？”

“我也不太清楚，但保险丝那类的问题难不倒她。”

“那她对吸尘器应该也很在行啰？”

“她是个秘书，不是女佣。”

一个档案柜砰然甩上。

“要不要随你。”杰金森小姐说。

霍索尼觉得她口中的贝翠丝像个东西，而不是个人。

“她是唯一的选择吗？”

“没错，唯一的一个。”

档案柜再度砰然关上。

“艾瑟儿，”杰金森小姐说，“你再不安静点，我就把你归还给D.3。”

霍索尼若有所思地离开了。他觉得这个精明能干的杰金森小姐，卖给了他一件连她自己也没信心的东西——可能是一块大金砖，也可能是只小狗。或者说，一条恶母狗。

第二部

第一章

1

伍尔摩胸前口袋里揣着一封电报离开了大使馆。大使馆的人将它粗鲁地塞给他，他正待开口说话，就被堵了回来。

“我们什么也不想知道，这是暂时的安排，越早了结我们越开心。”

“霍索尼先生说……”

“我们不认识什么霍索尼。请不要忘记，我们这里没有这号人物。再见。”

他带着电报走回家。这个长长的城市沿着广阔的大西洋而建，浪潮翻飞至马莱孔大道上，模糊了车辆的挡风玻璃。一度是贵族豪门的廊柱如今斑驳无比，黄的、灰的、红的，有如饱受侵蚀的礁岩。一面形状模糊、脏污褪色的古老盾牌立在一家寒碜的旅馆门口。夜总会的百叶窗漆着俗丽鲜艳的颜色，以免受到盐分与温度的摧残。往西看，新市镇钢筋骨架的摩天大楼比灯塔还高，直入清朗的二月天空。这城市适于游览而不宜久居，但它是伍尔摩初恋的城市。他的爱是一场悲剧，他却坚守不渝。时间为那场战役添加了诗意，而米莉宛如古老壁垒上的一朵小花，见证着当年惨烈的历史。街上擦身而过的女人额头上沾着灰印，仿佛刚从地底下爬出来乍见天日。他想起来今天是圣灰星期三[1]。

虽然学校放假，但伍尔摩抵达家门时，米莉并不在家——或许她还在做弥撒，或是在乡村俱乐部骑马。罗伯兹正在展示涡轮吸尘器给牧师的管家看，这位管家已经决定不用那种原子炉吸尘器。伍尔摩对这种新型机器的恐惧获得了证实，因为直到现在他一台也没卖出去。他上楼打开电报，上头的收信地址是英国大使馆某部门，底下那些密码难看得像极了那些直到开奖最后一天也没卖出去的彩券号码。一开始是2674，然后是一连串的五位数：42811、79145、72312、59200、80947、62533、10605，等等。这是他第一次收到伦敦来的电报。他没有把握解开密码，但他至少认得那组数字：59200。它那副横眉竖目的模样，就仿佛霍索尼此时此刻突然爬上楼来指责他。他不情不愿地拿出兰姆的《莎士比亚故事选集》——他以前是多么嫌恶里头的某些故事啊。他记得第一组数字是代表密码开始的页次、行次和字。

“狄奥妮莎，克利翁邪恶的妻子，得到她应得的惩罚。”

他从“惩罚”这个词开始解。令他惊讶的是，某些意义真的浮现出来，就像某只天赋异秉的鹦鹉开口说起话来。

“一月二十四日编号一59200 A节开始。”

1 天主教在复活节前夕所举行长达四十天的四旬斋中的第一天，源自往日撒灰在忏悔者头上的习俗。

经过四十五分钟的加加减减之后，他解出了所有信息，除了最后一段。那一段不是59200就是他自己出错，搞不好还是兰姆的错。

“59200 A节开始自乡村俱乐部之事获准后已近一个月但尚未收到征募新情报员的消息句点相信在谨慎追查之前你不会回复不会贸然收编任何人员句点B节开始留给你的问卷上的政治与经济报告应该呈交59200句点C节开始受诅咒的细绳必须送到金斯敦基本结核性信息结束。”

愠怒又不着边际的最后一段令伍尔摩忧心。他头一回感觉到，在他们眼中（天晓得他们是谁），他拿了钱却不做事。这让他困扰不已。在此之前，他只觉得自己得到了一笔天外横财，让米莉能够去乡村俱乐部骑马，他自己也从伦敦订购了一些渴望已久的书，剩下的钱都存在银行里。他相信自己有朝一日会把钱还给霍索尼，只是没有太大把握。

他思忖道：我一定得做点事，给他们几个名字去追查，然后再招募一个情报员进来，让他们高兴。他想起米莉以前常玩的游戏：拿零花钱给他，假装在商店买东西。他不得不陪她玩这个游戏，但事后她一定会把她的钱要回去。

他不知道该如何招募情报员。霍索尼当初如何找上他的，他怎么也想不起来，只记得整件事情是从厕所开始的，不过那当然不是重点。他决定采取最简单的做法。

“你找我，夫尔摩先生？”

不知道为什么，罗伯兹发“伍尔摩”的音总是不准。他自己也不太满意，因此一改再改，结果是从来也没有重复叫过同一个名字。

“我有事跟你谈，罗伯兹。”

“是的，伍摩先生。”

伍尔摩说：“你跟着我许多年了，我们彼此互相信任。”

罗伯兹的手抚在胸前，表示他全然地信任。

“你想不想每个月多赚点钱？”

“啊，当然好……事实上我正想跟你讲，欧摩尔先生。我就要多一个孩子了。二十比索可以吗？”

“这和公事无关。我们的生意实在太差了，罗伯兹。这件事绝不能对外张扬，是我个人的事，你了解吗？”

“我了解，先生。个人服务我懂。包在我身上，我很谨慎，而且一定不会跟米莉小姐讲。”

“我想你并不真的了解。”

“男人到了某个年纪，”罗伯兹说，“就懒得自己去找女人，只想省麻烦。他只想发号施令，说：‘今晚可以，明晚不行。’只要对他信赖的人下个命令——”

“我不是指这一类的事。我要跟你谈的事……嗯，反正跟这个没关系——”

“你不用觉得不好意思，伍穆尔先生，我已经跟了你这么多年。”

“你错了，”伍尔摩说，“我并不打算……”

“我了解你这样的英国绅士，‘旧金山’那样的地方不合适，即使曼巴俱乐部也不好。”

伍尔摩知道，不管他说什么也阻挡不了罗伯兹的滔滔不绝，现在他这位助手已经开始大谈在哈瓦那最伟大的议题：性交易不仅是这个城市主要的商业活动，更是一个男人生活的精华所在。每个人不是在买就是在卖——这无关物质——可是绝对不可能免费。

“年轻人需要变化，”罗伯兹口若悬河，“但成熟的男人也一样。年轻人是出于无知的好奇，有年纪的人则是因为胃口需要换新。再也没有比我更合适的人选了，因为我研究过你，维穆尔先生。你不是古巴人，对你而言，女人屁股的形状远不及举止优雅来得重要——”

“你完全误解我了。”伍尔摩说。

“小姐今天晚上会去听音乐会。”

“你怎么知道？”

罗伯兹完全没理会他的问题。“她出门的时候，我会带一个女人来给你瞧瞧。如果你不满意，我再带另一个来。”

“你用不着做这种事。这跟我需要的服务根本扯不上关系，罗伯兹。我要的是……呃，我要你保持警惕，多多观察，然后向我报告——”

“观察米莉小姐吗？”

“老天，不是！”

“那要报告什么呢，夫尔莫先生？”

伍尔摩说："呃，例如……"

可是他对于罗伯兹能报告些什么，实在一点概念也没有。他想起那冗长问卷上的几个题目，但都没有合适的——"共产主义在军队中的渗透""去年糖和烟草的真实产量"。当然，在罗伯兹去做售后服务的那些办公室里，是有一些废纸篓，可是，连霍索尼在提到德雷福斯的时候都在说笑（如果霍索尼那班人会开玩笑的话）……

"例如什么呢，先生？"

伍尔摩说："我以后再告诉你。现在，你回店里去吧。"

2

又到了鸡尾酒时间。惊奇酒吧里，海斯巴契医生高高兴兴地喝着他的第二杯威士忌。

"你还在担心吗，伍尔摩先生？"他说。

"没错，我很担心。"

"还在担心那个原子炉吸尘器吗？"

"不关吸尘器的事。"

他喝完了他的鸡尾酒，又叫了一杯。

"你今天喝得特别快。"

"海斯巴契，你从来不担心缺钱，对不对？话说回来，你又没有小孩子。"

"不出多久，你也会没有小孩。"

“我想也是。”这个安慰和鸡尾酒一样冰冷，“等时候到了，我要和米莉一起离开这里。我不希望米莉和塞古拉大队长那样的人在一起。”

“这我了解。”

“前几天我拿到一笔钱。”

“真的？”

“要我提供情报。”

“哪一类情报？”

“机密情报。”

海斯巴契叹了口气。他说：“你真是个幸运的家伙，那种情报最容易提供了。”

“容易？”

“因为是机密，所以只有你知道。你需要的只是一点想象力，伍尔摩先生。”

“他们要我吸收新人，我该怎么做呢，海斯巴契？”

“你可以捏造，伍尔摩先生。”

“听起来你好像很有经验。”

“我的经验来自医学。你难道没看过秘方这类的广告？某个印第安人部落的酋长临死前透露的生发秘方。既然是秘方，就不需要白纸黑字印出来。而大家又特别相信秘密的东西——大概是古代巫术的残留吧。你读过弗雷泽爵士[1]那些关于咒术起源的书吗？”

1 J.G.弗雷泽（James George Frazer，1854—1941），英国著名的人类学家、宗教历史学家、民俗学家。

“你有没有听过书码这种东西？”

“别告诉我太多，伍尔摩先生。保守秘密不是我的专长——我可没有小孩。请别把我捏造成你的情报员。”

“不会，我不会的。那些人不太喜欢我们交朋友，海斯巴契，他们要我离你远一点。他们在追查你。你知道他们是怎么追查人的吗？”

“不知道。小心点，伍尔摩先生，拿钱可以，但不要提供任何情报给他们。你很容易被塞古拉那帮人盯上。骗骗他们，保持你的自由之心。他们不值得你提供任何真相。”

“你说的‘他们’，指的是谁？”

“王国、共和国、掌权者，”他喝光他的酒，“我必须走了，伍尔摩先生。”

“没什么事发生吧？”

“谢天谢地，没有。只要无事发生，什么事都有可能，你说是吧？很不幸，彩券开奖了。我一个星期就输了十四万，我现在是穷人了。”

“你不会忘了米莉的生日吧？”

“说不定追查结果对我不利，所以你不会再希望我去。不过别忘了，只要你说谎，就不会造成伤害。”

“我拿了他们的钱。”

“他们没有钱，他们的钱都是来自你我这样的人。”

他推开门，步出酒吧。海斯巴契医生从来不以道德论事。道德，远在一个医生的掌管范畴之外。

3

伍尔摩在米莉的房间找到一张乡村俱乐部的会员名单。他知道在哪里找得到这份名单，它夹在两本书中间：《女骑士年鉴》和小马小姐的小说《白马》。他加入俱乐部是为了吸收适当的情报人员，而这里有整整二十页的名字。他注意到一个地道的盎格鲁-撒克逊人的名字——文森特·帕格曼，他或许是艾尔的父亲。他的直觉告诉他，把帕格曼家族收编进来准没错。

在坐下来编码前，他又选了另外两个名字——工程师希夫和路易斯·桑兹教授。这个教授，管他是何方神圣，应该是负责经济情报的好人选；工程师可以提供科技信息；帕格曼先生则是政治。打开《莎士比亚故事选集》（他已选好了那一页："希望接下来一切顺利"），他开始编码：

> "一月二十五日编号一A节开始我已经聘用我的助手并指定他为59200-5-1建议每月薪资十五比索B节开始请追查下面这些……"

这般分节叙述在伍尔摩看来简直是浪费时间和金钱，但霍索尼说这是训练的一部分，就像米莉坚持她所买的每样东西都必须包装完整，连一颗玻璃珠也不能马虎。

“C节开始要求的经济报告随后会以包裹送出。”

接下来只有静候回音，以及准备经济报告了。这可让他大伤脑筋。他先前已经差遣罗伯兹买来所有关于糖和烟草的官方文件——这是罗伯兹的第一个任务。现在，他每天都花好几个钟头阅读当地报纸与相关文件，在所有可供教授和工程师参考的版面上标注记号。在伦敦或金斯敦，不太可能有人去研究哈瓦那当地的报纸。有时他甚至会在那些印刷不良的文字间发现一个新的世界。或许过去的他太依赖《纽约时报》或《先驱论坛报》来塑造自己的世界了。惊奇酒吧外的街角，一个女孩被刺身亡——下面的标题是“爱的殉难者”。哈瓦那充斥着各式各样的殉难者：一个男人在赌场输了一大笔钱，他爬上舞台，拥抱一个俗艳的女歌手，然后把车开进码头，淹死了自己；另一个男人以吊带裤勒死了自己。而这个城市也有神话：圣女像流出眼泪；圣母像前的烛火不可思议地持续一周不熄，从某个星期五到另一个星期五。在这场暴力、激情与爱的幻景里，塞古拉大队长的那些受害者独独不见踪影，他们的受苦和死去从来不曾见诸报端。

做经济情报成了一件劳心费力的苦差事，因为伍尔摩从来就没学会用多于两根的手指打字，对打字机上的定位装置也束手无策。此外他还得把官方数字做一番修改，以防总部有人心血来潮将两份报告加以比对。有时候伍尔摩会忘了自己改过哪些数据，小数点的问题更是搞得他头昏脑涨。这些加加减减向来就不是他的专长，他有如在老虎机里驾驭一辆迷你车。

一星期过去，音信全无，他开始担心。难道霍索尼察觉事有蹊跷？不过有件事给了他短暂的兴奋：大使馆把他找去，那个脸很臭的职员递给他一个密封信封，收件人的名字让他一头雾水——“路克·潘妮小姐”，拆开后另一个信封写着“亨利·利百特，市场研究服务”，第三个信封才写着59200-5，里头有三个月的薪资和津贴，是古巴钞票。他带着这笔钱到奥比斯波的银行去。

“存在公司账户吗，伍尔摩先生？”

“不，私人账户。”职员数钱的时候，他心中一股罪恶感油然而生。他感觉自己像是侵吞了公司的钱。

第二章

1

十天过去了，他没收到半句回复。在他虚拟的情报员未被调查认可之前，他连他的经济报告都送不出去。又到了一年一度拜访经销商的时节，他将离开哈瓦那，顺着马坦萨斯、西恩富戈斯、圣克拉拉和圣地亚哥，一路往南走。他向来开着他那辆老爷车去造访那些城市。离开前他发了一封电报给霍索尼。

> “我将假拜访经销商之名，评估在马坦萨斯、工业中心圣克拉拉、海军总部西恩富戈斯 、异议分子集中地圣地亚哥建立情报站的可能性。估计每日花费五十元。”

他吻别了米莉，要她承诺他不在家这段期间不搭塞古拉大队长的便车，接着便急促赶往惊奇酒吧去和海斯巴契喝杯饯别酒。

2

每年一次，在他的旅途中，伍尔摩都会写信给他住在北安普敦的妹妹（或许写信给玛丽，能够暂时纾解他离开米莉的寂寞），同时寄出古巴最新的邮票给他的外甥。这男孩从六岁起就开始集邮，时光荏苒，伍尔摩都忘了他已经年过十七，说不定早就不再集邮了。不管他还集不集邮，伍尔摩写在信上的那些话也显然太幼稚了。那些话连米莉都嫌它可笑，更何况他还比米莉大几岁。

伍尔摩写道：

> 亲爱的马克，这里有些邮票要送你。你一定已经搜集了不少邮票，这几张恐怕不是太有意思。我本来想找一些动物、小鸟或蝴蝶的图案，就像你上回给我看的那种危地马拉邮票，只可惜古巴没有。爱你的舅舅。p.s.我现在正坐着看海，天气很热。

给他妹妹的信就鲜活多了：

> 我现在坐在西恩富戈斯海边，温度超过九十华氏度，虽然太阳早在一小时前就下山了。电影院正在放玛丽莲·梦露的电影，一艘船停泊在海港，船名够古怪

的，叫作胡安·贝尔蒙特[1]。还记得那个冬天我们去马德里看斗牛吗？船长——我猜他是船长——就坐在隔桌喝着西班牙白兰地。除了看电影，他没别的事可做。这一定是世上最安静的港口之一，只有黄色或粉色的街道，高耸的糖厂烟囱，还有就是那野草丛生的小径尽头的胡安·贝尔蒙特了。不知为什么，我希望能和米莉一起登上那艘船航行大海。吸尘器的生意不好做，这种动荡的日子，电流太不稳定了。昨晚在马坦萨斯总共停了三次电，第一次停电的时候我还正好在洗澡。大老远写信给你，尽提这些，够蠢的。

别以为我不快乐。我们这里有很多可以说的。有时候想到回老家去的事，我会有点害怕，想想博姿[2]、沃尔沃斯超市和那些自助餐厅，说不定连白马酒馆都把我当陌生人了。船长身旁坐了个女人——我想他在马坦萨斯应该也有女人——他把白兰地灌进她的喉咙，就像替猫喂药。太阳下山前这里的光影很迷人：长长的金光和海鸟，映照在银色的浪波上。白天时看起来像是维多利亚女皇的雕像，现在则仿佛只是一团气波。鞋匠们收拾好工具箱，摆在粉红廊柱旁的椅子下。你可以居高临下俯看人行道——那就好像坐在图书馆的台阶上——两脚还踏在大概是腓尼基人漂洋过海运来的青铜海马上。我为什么如此思念故乡？或许是因为我现在有了点闲钱。不久后我非下定决

1　胡安·贝尔蒙特（Juan Belmonte，1892—1962），西班牙著名斗牛士。
2　英国一家著名的日用品连锁公司。——编者注

心，永远离开古巴不可。我不知道米莉能不能在北伦敦灰蒙蒙的街道上找一所秘书学校安定下来。

爱丽丝婶婶好吗？爱德华叔叔呢？还是他已经过世了？我已经到了亲人们不知不觉去世的年纪。

他付了账，又问了当地首席工程师的名字——他知道自己得找些人名来搪塞，好让每天的五十元花得有道理。

3

在圣克拉拉，他的老爷车终于倒地不起，像一只倦极的骡子。它的内部问题很严重，只有米莉知道怎么处理。车厂的人说需要修理几天，伍尔摩只好改搭公共汽车到圣地亚哥去。或许这是个更快更安全的走法，因为在圣地亚哥一带，叛军占领山头，政府军集结在马路上与城市里，交通受阻是常见的事，公共汽车反而比私人汽车更不容易误点。

他在傍晚时分抵达圣地亚哥，官方宵禁的时辰未到，正是空荡荡的危险时刻。广场上朝向天主教堂而建的店家都打烊了，一对男女快步从旅馆前面走过。这是个湿热的夜晚，道路两旁的路灯半明半灭。柜台人员带着狐疑招呼他，心里约莫在揣度，这人是哪一路的间谍。他觉得自己像个冒牌货，因为这家旅馆住的都是正牌间谍、正牌线人和正牌叛军情报人员。一个醉汉在酒吧间念个不停，颇有格特鲁德·斯泰因[1]的风格："古巴是古巴是古巴"。

伍尔摩吃了份蛋卷，配点酸酒当晚餐——那蛋卷又干又扁，还带着污渍和折痕，活像一份古老的文件。伍尔摩一面吃，一面在寄给海斯巴契医生的风景明信片上写了几行字。每当他离开哈瓦那，他总会寄风景明信片给米莉和海斯巴契医生，甚至寄给罗伯兹。画面上总是丑丑的旅馆，某个窗户上还打了个"×"，仿佛侦探小说里标明的犯罪现场。"车子抛锚了，万籁俱寂。周四可望回家。"风景明信片是寂寞的象征。

九点钟，伍尔摩出门拜访经销商。他忘了圣地亚哥的街道在入夜后有多么萧瑟。铁窗后的百叶窗紧闭着，这里如被占领的城市一般，家家户户门院深锁，对路过者不理不睬。一家戏院散发出微弱的灯光，却没有顾客上门。依据法令它必须整夜开着，但只有士兵和警察才可能在入夜后上戏院。某条街道尽头，伍尔摩看到一支军方的巡逻队经过。

伍尔摩和经销商坐在又小又热的房间里，一扇开着的门通往内院，院里有一棵棕榈树和一口熟铁打造的井，但外头的空气和屋内一般热。他们面对面坐在摇椅上，时而摇向对方，时而摇离对方，制造出小小的气流。

生意不好（摇啊摇），在圣地亚哥没有人买电器（摇啊摇），电流不稳，有什么好卖的呢？（摇啊摇。）呼应他们话题似的，电突然停了，他们只好在黑暗中继续摇下去。有时乱了节

1　格特鲁德·斯泰因（Gertrude Stein，1874—1946），美国前卫小说家，后主要生活在法国，对现代文学有着重要影响。

奏，两人的头还会轻轻撞在一起。

“对不起。”

“我的错。”

（摇啊摇啊摇。）

有人在内院发出擦椅子的声音。

“是你太太吗？”伍尔摩问。

“不，没有别人，只有我们两个。”

伍尔摩往前摇，往后摇，再往前摇，侧耳细听内院偷偷摸摸的动静。

“没什么好大惊小怪的。”

这里是圣地亚哥，每个房子都可能窝藏逃犯。最好是什么都听不见，也看不见——这点绝无问题，即使灯泡带着微细的灯丝半有心半无意地恢复了光明。

回旅馆的路上，他被两个警察拦住。他们问他，为什么这么晚还在路上溜达。

“才十点钟。”他说。

“你十点钟在路上做什么？”

“又没有宵禁。有吗？”

突然间，一个警察毫无预警地给了他一记耳光。震惊淹没了愤怒。他是奉公守法的人，警察应该保护他才对。他用手摸摸脸颊。

“老天，你们怎么会以为……”

另一个警察在他背后给他一记，害他踉跄跌倒在人行道旁。他的帽子掉到了阴沟里。他说：“把帽子还我！”

才说完又被推了一把。他开始提到英国大使馆之类的话，又惹来几记耳光，打得他摇摇晃晃、天旋地转。这回他被带到一扇门内，办公桌旁有个人以手臂当枕头在睡觉。他醒过来，对伍尔摩一阵咆哮，其中最温和的单词是“猪”。

伍尔摩说：“我是英国人，我的名字是伍尔摩。住址是哈瓦那拉帕瑞拉街三十七号。四十五岁，离婚。我要求打电话给大使馆。”

那个叫他猪的警官要他把护照拿出来。

“我拿不出来。我放在旅馆的手提箱里。”

逮捕他的一个警察得意地说：“在街上逮到他，身上没有任何文件。”

“搜他的口袋。”那警官说。

他们拿出他的皮夹、写给海斯巴契医生的明信片（他忘了寄），和一瓶在旅馆酒吧买来的威士忌样品酒“老爷子”。警官对着样品酒和明信片仔细研究。他问：“你为什么把这个瓶子带在身上？里头装的是什么？”

“你以为呢？”

“叛军用瓶子制造手榴弹。”

“他们当然不会用这么小的瓶子。”

警官打开瓶盖嗅了嗅，倒了一些在掌心上。

“闻起来像威士忌，”随即话锋一转，问起明信片来，“你为什么在图上画了一个叉？”

“那是我房间的窗户。”

“为什么要标出你房间的窗户？”

“为什么不行？那只是……呃，一个人在旅途中随兴做的事。”

“你是希望有人按着这扇窗来找你吗？”

“当然不是。”

“海斯巴契医生是谁？”

“一个老朋友。”

“他要到圣地亚哥来吗？”

“不。”

“那你为什么要告诉他你住哪个房间？”

他终于慢慢领悟到这些犯罪专家都在想些什么，而且要对一个握有权势的人解释清楚情况，简直是痴人说梦。

他开始胡吹：“海斯巴契是个女人。”

“一个女医师！”警官显然不相信。

“一个女博士，非常美丽。”他用手在空中比画出两条曲线。

“她要到圣地亚哥来和你会面吗？”

“不，不。但你该懂得女人是怎么回事吧，警官？她们喜欢知道她们的男人睡在什么地方。”

“你是她的情人？”气氛缓和下来，“那仍旧无法解释你为什么三更半夜还在街上游荡。”

“又没有法律……”

“是没有法律禁止，但聪明人会待在家里。只有企图制造混乱的人才会在外面游荡。”

“我因为思念爱玛睡不着觉。”

“谁是爱玛？”

“海斯巴契博士。”

警官若有所思。“还是有哪里不对劲，我感觉得出来。你没有告诉我实话。如果你和爱玛相爱，为什么自己跑到圣地亚哥来？”

“她丈夫起了疑心。”

“她有丈夫？怪不得。你是天主教徒吗？”

“不是。”

警官拿起明信片再度细看。“在卧室窗口画叉——这么做不太好吧？她怎么跟丈夫解释呢？”

伍尔摩脑筋转得飞快：“她丈夫是瞎子。”

“那也不太好，很不好。”

“要不要我再揍他？”一个警察问。

“不急，我先盘问了再说。你认识这个叫爱玛·海斯巴契的女人多久了？”

“一星期。”

“一星期？你说的事情没一样是好的，你不但是个新教徒，还是人家的姘头。你什么时候认识这个女人的？”

“是塞古拉大队长介绍的。”

警官拿着明信片的手凝在半空中，伍尔摩听到他身后的警察在吞口水。一阵长长的沉默，没有人说半句话。

“塞古拉大队长？”

“没错。”

“你认识塞古拉大队长？”

“他是我女儿的朋友。”

“原来你有女儿。那么你是结婚了。”他又说，“这样实在不……”

一个警察赶忙打断他：“他认识塞古拉大队长。”

“我怎么知道你说的是真是假？”

“你可以打电话问他。”

“打电话到哈瓦那得花好几个小时才接得上线。”

“反正这么晚我也不可能离开圣地亚哥。我会在旅馆等你。”

“或者是待在这里的牢房。”

“塞古拉大队长恐怕会不高兴。”

警官思索良久，一面细细翻看他皮夹里的东西，接着转向一位警察，要他和伍尔摩一同回旅馆去检查他的护照（警官显然认为这样可以保住面子）。两人在尴尬的静默中走回旅馆。

直到伍尔摩躺下来休息后，这才想到，给海斯巴契医生的那张明信片还留在警长的桌上。但他并不觉得要紧，反正早上再寄一张就是。人总要很久以后才会了解，在错综复杂的人生之图中，每样事物——甚至一张明信片——都是图案的一部分，因此不管是什么东西，掉以轻心都过于草率。三天后，伍尔摩搭公共汽车回到圣克拉拉。他的老爷车修好了。回哈瓦那途中，一路风平浪静。

第三章

他在下午晚些时候回到哈瓦那，许多封电报等着他，还有米莉留的一张字条。

“近来忙些什么？你知道是谁。”（可是他并不知）“非常紧急——不过绝对不是坏事。海斯巴契医生急着找你。你的挚爱。附注：我在乡村俱乐部骑马，报社记者替瑟拉菲娜拍了些照片，这下子她可出名了。”

海斯巴契医生的事可以等。电报中有两封标有“紧急”的字样。

“三月五日编号二A节开始海斯巴契的调查结果依然模糊。任何接触请极度小心并减至最低程度。”

文森特·帕格曼没有过关。

“你不可重复不可与他接触。他或许已被美国情报单位聘用。”

另一封三月四日编号一的电报冷冷地写着：

“将来请遵照指示每封电报只限一项主题。”

三月五日编号一的内容比较振奋人心：

“桑兹教授和工程师希夫追踪结果显示没有问题。你可以聘用他们。以他们的地位照理说开支不会超出原先预算。”

最后一封电报则令人错愕：

“关于吸收59200-5-1——亦即罗伯兹一事——已被认可但所建议的薪资低于欧洲公认标准。请改为月薪二十五比索。重复二十五比索。信息结束。”

罗伯兹在下面对着楼上大叫：“海斯巴契医生的电话。”

“告诉他我在忙，等下打给他。”

“他问你能不能马上接。他声音怪怪的。”

伍尔摩下楼去接电话，电话那端传来激动而苍老的声音。他从来没想到，海斯巴契医生也有显老的一天。“伍尔摩先生，请你……”

“是的，什么事？”

“请过来我这儿一趟，出事了。”

“你在哪里？”

“我家里。”

“怎么回事，海斯巴契？”

“我没办法在电话里告诉你。”

“你病了吗……还是受伤了？”

“要是那样就好了，”海斯巴契说，“请你快来。”

相识多年，伍尔摩不曾去过海斯巴契的家。他们总是在惊奇酒吧碰面，米莉生日就到餐厅聚会。只有一回伍尔摩发高烧，海斯巴契到拉帕瑞拉街来替他看病。另外一回是他坐在帕萨奥街旁的椅子上，流着泪告诉海斯巴契，米莉的母亲那天早上搭飞机去了迈阿密。可是多年来他们的友谊总是安全地保持着距离——太亲密的友谊反而最容易破裂。现在，他甚至得问海斯巴契怎么去他家。

“你不知道？”海斯巴契问，带着迷惑。

“不知道。”

“请尽快过来，”海斯巴契说，“我不想自己一个人。”

但在傍晚时分快速赶到谈何容易。奥比斯波的交通堵塞不堪，伍尔摩花了整整半个钟头才抵达海斯巴契住的那栋十二层青灰石砌大楼。二十年前这栋建筑称得上现代化，但近年来西边钢筋水泥的新建筑栋栋直入云霄，遮蔽了它的光彩。它属于管状椅[1]盛行的年代，而海斯巴契医生让伍尔摩进屋时，他第一眼看到的就是一把管状椅。椅上铺着莱茵河边某座城堡花样的老旧印花布。

海斯巴契医生整个人就跟他的声音一样，突然苍老了许多，这种变化并非表现在外观的肤色上。他多皱又泛红的肌肤并不比一个迟缓的老人差，皤皤白发亦早已如此，但改变的是他的神色。生命的情调受到猛烈的打击，海斯巴契医生不再是个乐观主义者。他语气卑微地说：“你真好，愿意过来，伍尔摩先生。”

伍尔摩不禁想到那天，这个老人硬是把他从帕萨奥街拉走，在惊奇酒吧里大灌其酒、喋喋不休，用酒精、欢笑、无可抗拒的美梦为他疗伤止痛。

“发生了什么事，海斯巴契？”他问。

“进来再说。”海斯巴契说。

客厅里一片混乱，仿佛某个坏小孩在那些管状椅之间捣过蛋，翻箱倒柜，东敲西打，搞得天翻地覆。一群年轻人把酒言欢的照片被人从相框里拿下来，撕碎在一旁；“微笑的骑士”[2]的彩色复制画依然挂在墙上，可是下方沙发上的三个坐垫中有一个被割了开来；橱柜里的东西——旧信件和账单——散落一地，还有一束用黑丝带捆着的金发横在残物间，像极了一条被冲上岸的鱼。

“怎么搞的？”伍尔摩问。

“原因已经不重要了，”海斯巴契医生说，“请跟我来。”

1　以钢管作为主要结构的一种椅子。

2　荷兰画家弗兰斯·哈尔斯（Frans Halls，1582—1666）创作的著名油画。

一个先前被改造为实验室的小房间，再度被改造成废墟，废墟间还有一撮瓦斯火苗，海斯巴契医生熄了它。他拿起一支试管，里头的东西已被倒入水槽。他说："你不了解，我是想要创造一种文化，打算从——算了，我早知道不会有结果，那不过是做梦罢了。"

他颓然地往一张可调整高度的管状椅上一坐，承担不起重量的椅子往下一沉，把他摔倒在地。通常是有人乱扔香蕉皮才会造成这样的惨状。他站起来，拍拍他的裤子。

"事情是什么时候发生的？"

"有人打电话给我，要我出诊。我觉得有点不对劲，但还是得去，我冒不起不出诊的风险。结果回来就看到这样。"

"是谁弄的？"

"我也不知道。一星期前有人来找我，一个陌生人。他要我帮他，但不是看病，我拒绝了。他问我是亲东还是亲西，我就跟他开玩笑，说我的心在中间，"海斯巴契医生语带谴责，"几星期前你也问过我相同的问题。"

"我只是开玩笑，海斯巴契。"

"我知道，对不起。他们实在不该这么多疑的，"他瞪着水槽，"一个才萌芽的梦想。我当然知道，弗莱明是在意外中获得灵感才发现青霉素的，但意外需要有人去促成。尤其像我这样一个二流的老医生，要碰到一个意外而且还灵感大发简直是奢望。但就算我要做白日梦，这一切干他们什么事，对不？"

"我实在搞不懂。谁是幕后指使者？事关政治吗？那人是哪一国人？"

“电话中他和我一样说英语，但有口音。这年头，全世界的人说话都有口音。”

“你报警了吗？”

“据我所知，”海斯巴契医生说，“他曾经是警察。”

“他们拿走什么东西没有？”

“有，一些文件。”

“重要吗？”

“我实在不该保留那些东西的，它们都有三十几年的历史了。年轻的时候，人总会卷入一些是非。没有人的生命能够纯如白纸，伍尔摩先生。但我以为过去的自然会过去。我太乐观了。你我和这里的人不同，我们没有告解室可以埋葬过去的污点。”

“你应该心中有点谱儿吧……他们接下来会怎么做？”

“大概会把我归入档案吧，”海斯巴契医生说，“他们必须有点成绩，好让自己显得重要。说不定在他们的档案里，我会升格为一个原子科学家。”

“你的实验能不能重新再来？”

“噢，可以。我想应该可以。不过，我自己从来就没相信过它，而现在它已化为乌有。”他打开水龙头，冲洗水槽，“我可能只会记得这些……污秽。那不过是梦想，这才是现实。”

有个看起来像蕈类的碎片堵住了水槽，他用手指把它戳下去：“谢谢你赶过来，伍尔摩先生。你是个真正的朋友。”

“我根本帮不上忙。”

“你愿意听我说话，现在我觉得好多了。我唯一担心的是那些文件。说不定他们并没有拿走文件。说不定我只是一时没看到，因为这里乱糟糟的。”

“我帮你找找看。”

“不用，伍尔摩先生。我不想让你看到一些令我自己惭愧的东西。”

他们在劫后的客厅里喝了两杯，然后伍尔摩便告辞了。他离开后，海斯巴契医生跪在“微笑的骑士”下方，清扫沙发底下。伍尔摩把自己关进车里后，罪恶感就像牢房里的老鼠，一口口啃啮着他。或许他和老鼠很快就会互相适应，而不知不觉中它便会吃掉他整只手。有许多和他相似的人也都这么做过：他们坐在马桶上任由自己被人征募，拿着别人的钥匙打开旅馆房间的门，学会用隐形墨水写成指示，学会利用兰姆的《莎士比亚故事选集》编码。而每个玩笑总有它阴暗的一面，受害者的一面。

圣克里斯托的钟声响起，鸽子成群飞上屋顶，在金色的黄昏中，朝奥雷利街的彩券行和奥比斯波的银行上空盘旋而去。像小鸟一样看不出性别的小男孩、小女孩从校门口涌出，他们穿着圣洁的黑白制服，提着小小的黑色书包。他们的世界和59200的成人世界因年纪被区隔了开来，而他们对人世的轻信，是另一个与成人不同的特质。他的心温柔了起来——米莉就要到家了。他很高兴她还相信神话故事：处女生子、在黑暗中哭泣或安慰人心的画面。霍索尼和他的同类同样有颗轻信的心，只不过他们相信的是梦魇，是科幻小说里的丑怪故事。

一场游戏玩得有心无意有什么意思呢？他至少得给他们一点乐趣，以回馈他们所花的钱，至少让他们的档案里有些比经济报道更具价值的东西。他立刻拟了一份稿：

“三月八日编号一A节开始在圣地亚哥的旅途上我从各方消息来源得知军方正在奥伦特山区建立军事基地。这些基地分布太广难以被侦测出来。广泛的清野工作在森林大火的伪装下进行。来自数个村庄的农夫扛着大块石头令人印象深刻B节开始在圣地亚哥旅馆酒吧里遇见西班牙籍的古巴飞行员正喝得酩酊大醉他提起在哈瓦那到圣地亚哥途中从飞机上看到地上辟有大块平台庞大得不像一般建筑物C节开始59200-5-3陪我到圣地亚哥冒险深入巴亚莫的军事总部并画下正输往森林的奇异机械草图这些草图随后将以包裹送达D节开始能否恳请恩准给予59200-5-3一笔奖金以奖励他冒险完成任务并准许延迟经济报告的时间以将奥伦特的见闻纳入考虑E节开始本人打算招募古巴机长罗文·多明格斯作为59200-5-4不知此人可有记录。”

伍尔摩快乐地将文章转译为书码。他心想，我真不敢相信自己有这种本事。他又骄傲地想到，59200-5对自己的工作了解得很。他的幽默甚至扩及查尔斯·兰姆。他为这篇情报所选择的是第二百一十七页第十二行：“我会画下窗帘给你看。画得好不好呢？”

伍尔摩把罗伯兹从店里叫过来，给了他二十五比索。他说：“这是预付你第一个月的薪水。”

他太了解罗伯兹，不奢望他会因为额外的五比索而心存感激，但罗伯兹的反应还是让他愕然。罗伯兹说：“三十比索才够维持生计。”

“维持生计？什么意思？总部付你这些钱已经够好了。”

“这表示我得做很多事，对不对？”罗伯兹问。

“会吗？什么事？”

“私人服务。”

“什么私人服务？”

“如果不是得做很多事，你不会付我二十五比索。”

关于钱的争执，他向来就赢不了罗伯兹。“我要你从店里拿个原子炉吸尘器过来。”伍尔摩说。

“我们店里只有一个。”

“我要你拿上来。”

罗伯兹叹口气道：“这算是私人服务吗？”

“是的。”

等到四下无人后，伍尔摩把吸尘器里的零件一一分解，接着坐到桌前，开始细细描绘。画完后他往后一靠，注视着这些素描，上面画的是从软管把手拆下来的喷气口、针嘴、套筒管、喷嘴，他心想：我会不会做得太夸张了？然后他忽然想到自己忘了标示比例。他用尺画了一条线，在下方写着：一英寸代表三英尺。为了便于测量，他在管嘴下方画了一个两英寸的小人，为他穿上整齐的黑西装，一顶圆顶高帽，还有一把伞。

傍晚米莉回家来，他还在埋头苦干，摊着一大张古巴地图写他的第一个报告。

“爸，你在做什么？”

“踏出我新事业的第一步。”

她越过他肩头望去：“你打算当一个作家吗？”

“是的，充满想象力的作家。”

“那会让你赚很多钱吗？”

“中等收入而已，米莉，而且得奋力不懈、保持进度才行。我打算每星期六下午都完成这样一篇文章。”

“你会变得很有名吗？”

“大概不会。和大多数作家不同，我会把一切归功于我的幽灵。”

“幽灵？”

“意思就是为人代笔的人，写作的是他们，拿钱的却是作者。但于我而言，现在真正动笔的是我，功劳都归给幽灵。”

“可是你拿得到钱吗？”

“噢，当然会。”

“那我可不可以买一对马刺？”

“没问题。”

“爸，你还好吧？”

“从没这么好过。你当年在小托马斯·艾尔·帕格曼身上放火时，那种解放的感觉一定很棒。”

“你为什么要一直提这件事？那已经是好多年前的事了。”

“因为我很佩服你做了这件事。你不会再那么做了吗？”

“当然不会。我长大了，而且现在高中里又没有男生。爸，还有一件事，我可以买一个打猎用的扁瓶吗？”

“你爱买什么就买什么。等等，你买扁瓶要装什么？”

“柠檬汁。”

“乖女儿，再拿一张纸给我。工程师希夫可是个多话的家伙。”

伦敦现场

“旅途还愉快吗？”主席问。

“在亚速尔群岛上空遇到了乱流。”霍索尼说。

这一回他没有时间换下他灰白色的热带西装。上级火速召他离开金斯敦回伦敦来，一出机场就看到专车等着他。他尽量挨着蒸汽暖炉，但有时仍不免打一阵寒战。

“你身上那朵丑巴巴的花是怎么回事？”

霍索尼几乎忘了那朵花的存在。他伸手去摸衣领。

“看起来应该是朵兰花。”主席不悦地说。

“泛美航空附在晚餐盒里送来的。”

霍索尼解释。他取下那团奄奄一息的淡紫花瓣，放进烟灰缸里。

“和晚餐放在一起？多奇怪的做法，”主席说，“它对进食一点帮助也没有。我个人就不喜欢兰花，颓废的象征。不是有人别绿色的花吗？”

“我把它别在我的扣孔上，是怕它占空间。地方就这么小，要摆热蛋糕、香槟、色拉、番茄汤、鸡块、冰淇淋……”

“真是可怕的组合。你应该搭英国海外航空的。”

“长官，你没有给我足够的时间去订位。”

“嗯，事情非常紧急。你知道，我们在哈瓦那的人送来了一些令人不安的情报。”

“他是个中好手。”霍索尼说。

“我不否认，我们需要多一点像他这样的人。我不了解的是，为什么美国人还没发现任何端倪？”

“你问过他们了吗，长官？”

“当然没有，我不信任他们的判断力。”

“或许他们也不信任我们。”

主席说：“那些草图——你仔细看过了吗？”

“长官，我对那种东西不是很有研究，所以就直接送来了。”

“噢，那你现在看吧。”

主席在桌上摊开那些草图，霍索尼不情不愿地离开暖炉，立刻打了个冷战。

“怎么了？”

“金斯敦昨天的温度是九十二华氏度。”

“你的血管变薄了。冷空气或许对你有好处。你对这些图有什么想法？”

霍索尼瞪着那些图。不知为什么，这些图让他想起某个东西。一阵奇异的不安袭上心头。

“你还记得跟着草图一起送来的报告吗？”主席说，“数据源是–3，那是什么人？”

“应该是工程师希夫，长官。”

“嗯，连他这样熟谙科技的人都感到困惑。这些机器先是用卡车从巴亚莫的军事总部运到森林边界，再改由骡子运送，目的地或许是那些可疑的大平台。”

“空军司令怎么说，长官？”

“他们很担心，非常担心。当然，也很感兴趣。”

“那些原子研究人员呢？”

“我们还没把图拿给他们看。你也知道那些家伙，他们一定会吹毛求疵，一会儿说管子比例不对，一会儿说方向不对，要不就说这全是虚构的。你总不能要求一个情报员光靠记忆就画出所有的细节来吧！我要照片，霍索尼。”

“那不容易，长官。”

“我们非拿到照片不可，不计任何风险。你知道萨维奇怎么对我说？我可以告诉你，他的话让我半夜做了噩梦。他说，其中一张图令他联想到巨大的吸尘器。”

“吸尘器！”

霍索尼弯下腰再度细看那张图，又打了个冷战。

“让你不寒而栗，对不对？”

“可是，那是不可能的，长官，”他感觉自己是在为自己的前途辩护，“不可能是吸尘器，长官，不可能是。”

“很可怕，对不对？”主席说，“多有创意，多么简单，又多么邪恶的想象力。”他摘下黑色单片眼镜，娃娃似的蓝眼珠吸到光线，反射在暖炉上方的墙壁上，不断跃动。“你看，这东西的长度是人的六倍，像个巨大喷嘴，而这个——让你联想到什么？”

霍索尼怏怏地说：“一个双向喷嘴。”

“双向喷嘴是什么？”

“有时候吸尘器里会有这种东西。”

“又是吸尘器。霍索尼，我想我们发现了一种会让氢弹成为传统武器的重大武器。”

“这样是好还是不好，长官？”

“当然好。传统武器没有人会怕。”

“你有什么打算，长官？”

“我不是科学家，”主席说，“但你看看，这么大的吸槽，一定有森林乔木那么高，顶端还有个骇人的大开口，还有这条管线——画的人只是轻描淡写而已，但据我们所知，它很可能延伸数里之远，甚至从山区到大海。据说俄罗斯正在进行某种计划，关于太阳和蒸发海洋之类的。我不知道这是怎么回事，但我知道，那是件‘大’事。告诉我们在哈瓦那的人，我们一定要拿到照片。”

“我不知道他要怎么做才能靠近……”

“让他去租架飞机，假装在那个地区迷了路。当然他不必亲自去，不过-3或-2应该可以。-2是什么人？”

“是桑兹教授，长官。可是我担心他会被射下来，那一带常有军机在巡逻。”

“有吗？”

“是侦测叛军用的。”

“那是他们的说法。你知道吗，我有个预感，霍索尼。”

“是的，长官，什么预感？”

“叛军根本不存在。那纯粹是个概念，这样政府就可以理直气壮地把那地区的侦测系统关掉。”

“希望你是对的，长官。”

“为了每个人好，”主席兴高采烈地说，“希望我是错的。这些东西让我害怕。它们让我害怕，霍索尼。”他戴回单片眼镜，跳跃的光影离开了墙壁。“霍索尼，你上回来的时候，是不是向杰金森小姐要了个秘书给59200–5？”

“是的，长官。她没有适合的人选，不过她认为这个叫贝翠丝的女孩或许可以将就。”

“贝翠丝？我真讨厌这些基督教名。训练完整吗？”

“是的。”

“该提供协助给我们在哈瓦那的人了。对一个没受过训练又缺乏应援的情报员来说，这个负担太重了。送她过去的时候，顺便带个无线电报操作员给他。”

“我先过去看看他，会不会比较好？我可以去观察一下，和他谈一谈。”

“太不保险了，霍索尼。我们不能冒任何风险让他曝光。有了无线电，他就能直接和伦敦联络。我不喜欢安排他和大使馆联系，大使馆也不喜欢。”

“那他的报告怎么办，长官？”

“他那里必须安插一个和金斯敦联络的通信员，找个经常出差的业务员或许可以。把这些指示连同那个秘书一起送过去。你见过她没有？”

“没有，长官。”

“立刻去见她，要确定她是适当人选才行。她要能处理技术层面的问题，帮他建立一个完整的情报系统。他原来的秘书必须撤掉，记得叫A.O.为她准备一笔遣散费。”

“是的，长官，”霍索尼说，“我可以再看看那些图吗？”

“你似乎很感兴趣。你有什么想法吗？”

“它看起来——”霍索尼愁眉苦脸地说道，“很像是一个快速接合器。”

当他走到门口时，主席又叫住他：“你知道，霍索尼，这件事真是幸亏有你。有人告诉我，说你缺乏识人之明，但我还是坚持自己的判断。做得好，霍索尼。”

“谢谢你，长官。”他把手放到门把上。

“霍索尼——”

“是的，长官。”

“你发现那本账簿了吗？”

“还没有，长官。”

“或许贝翠丝可以找到。”

第三部

第一章

1

这是个令伍尔摩终生难忘的夜晚。米莉十七岁生日的那天，他带她到热带花园酒店去。那是个比国家俱乐部单纯的地方，只是，在走到歌舞厅之前，会先经过赌轮盘的房间。舞台和舞池是露天的，大棕榈树旁二十尺的高台上，歌舞女郎排成一列，粉红与淡紫的灯光扫射着四座。一个身穿亮蓝色晚宴服的男子唱着英国小曲，之后钢琴被推入灌木丛，那些舞娘步下台来，有如惊慌的鸟群飞下枝头。

“这里好像阿尔丁森林……”米莉着迷地说。姆妈显然不在，米莉一杯香槟下肚后，姆妈就不知去向了。

“我不认为在阿尔丁森林里会有棕榈树，也不会有歌舞女郎。”

“你太没想象力了，爸。”

“你喜欢莎士比亚吗？”海斯巴契医生问。

“嗯，不，它们太文绉绉了。你知道那一类的词句——‘使者登入’‘我的公爵大人由右方趋前’‘让我们满心喜悦走向战场’。”

“那是莎士比亚吗？”

“那像莎士比亚。”

“你在胡说些什么，米莉。”

“所以阿尔丁森林也是莎士比亚里的啰，我想。”海斯巴契医生说。

“没错，不过我只在兰姆的《莎士比亚故事选集》里读过他的东西。书里删去了关于使者、公爵和诗词的部分。”

“学校让你们读那种东西？”

“不，我在爸爸房间里找到一本。”

“原来你读的是这种版本的莎士比亚，伍尔摩先生？”海斯巴契医生问，带着惊讶。

“噢，不，不，当然不是。我其实是为米莉买的。”

“那为什么前几天我向你借的时候你那么不高兴？”

“我不是不高兴，我只是不喜欢你刺探……太多与你无关的事。”

“你说得好像我是间谍似的。”米莉说。

“亲爱的米莉，今天是你的生日，我们别吵嘴好吗？你忘了有海斯巴契医生在。”

“海斯巴契医生，你为什么这么沉默？”米莉问，一面喝下第二杯香槟。

“米莉，哪天我要向你借兰姆的选集来读一读。我也觉得莎士比亚的原著太难了。”

一个矮小的男人对着他们这桌挥手。那人的制服好紧。

“你在烦恼什么吗，海斯巴契医生？”

“亲爱的米莉，今天是你的生日，我有什么好烦恼的？当然，除了岁月流逝之外。”

“十七岁算老了吗？”

“对我而言，它们眨眼即逝。”

穿着紧身制服的男人来到他们桌边，对着大家鞠了一躬。他那张脸满是坑坑洼洼，像海水侵蚀过的梁柱。他带来一张和他几乎一样大的椅子。

“这是塞古拉大队长，爸。”

“我可以坐下吗？”他没等伍尔摩回答，径自在米莉和海斯巴契医生中间坐下。他开口道，“很高兴认识米莉的父亲。”

他有一种流里流气的轻慢，并且在你还来不及憎恶之前，他已经又给你一个恼怒的理由：“米莉，替我向你的朋友介绍一下吧！”

“这位是海斯巴契医生。”

塞古拉大队长无视海斯巴契医生的存在，径自为米莉斟满酒。他叫住一位侍者：“再拿瓶香槟来。”

“我们就要走了，塞古拉大队长。”伍尔摩说。

“胡说。你们是我的客人，现在才刚过午夜。”

伍尔摩的袖子碰到酒杯，杯子掉落，砸得粉碎，就像这场生日宴会一样。

“侍者，再拿个酒杯来。”

塞古拉开始轻声唱起歌来：“我在花园里摘下的那朵玫

瑰——”

他背对着海斯巴契医生，倾身凑向米莉。米莉说：“你太没礼貌了。”

“没礼貌？对你吗？”

“对我们。今天是我十七岁生日，这是我父亲的宴会，不是你的。”

“你十七岁生日？那我更是非做东不可了。待会儿我会请一些舞娘到我们这桌来。”

“我们不要什么舞娘。”米莉说。

“我很惹人讨厌吗？”

“对。”

“哈，”他显然很开心，“你是因为我今天没去校门口接你而生气。可是，米莉，有时候我还是得把警务工作摆在最先。侍者，叫乐团演奏《生日快乐歌》。”

“别这样！”米莉说，“你怎么可以这么——这么低俗？”

“我？低俗？”塞古拉大队长开心大笑，“她真会开玩笑，”他对伍尔摩说，“我也喜欢开玩笑，所以我们才这么合得来。”

“她告诉我，你有个人皮制的烟盒。”

“她老是拿这个取笑我。我告诉她，她的肌肤可以制成可爱的……”

海斯巴契医生突然站起身，说：“我要去看赌轮盘。”

“他不喜欢我？”塞古拉大队长问，“或者他是你的仰慕者，米莉？一个非常老的仰慕者，哈哈！”

“他是我们的老朋友。”伍尔摩说。

“伍尔摩先生，你我都知道，男人和女人之间没有友谊可言。”

“米莉还称不上是个女人。”

“你的口气真像个父亲，伍尔摩先生。天下没有了解女儿的父亲。”

伍尔摩看看香槟酒瓶，又看看塞古拉的头。他真想把这两样东西砸在一起。大队长背后那桌坐着一个他不曾见过的女子，她凝重地对伍尔摩点点头，像是鼓舞。他的手碰触到香槟酒瓶，她又点点头。他心想，她的聪明一定和她的美丽一样出色，才能如此精准地解读我的心思。她的友伴令他羡慕——两位荷兰航空飞行员和一位空姐。

“来，我们去跳舞，米莉，”塞古拉大队长说，“表示你原谅我了。”

“我不要跳舞。”

“我发誓，明天我会在校门口等你。”

伍尔摩做了个小小的手势，意思是说：“我没那个勇气，帮我。”那女人严肃地望着他，他想她应该是在衡量全局，只要她一决定好，立刻就会付诸行动。她用虹吸管加了点苏打水到威士忌里。

“来吧，米莉，别坏了我的宴会。”

“这不是你的宴会。是我爸爸的。”

“你的气怎么生这么久？你要了解，有时候我还是得把工作摆在我亲爱的小米莉之前。”

塞古拉大队长背后的那名女子改变了虹吸管的角度。

“不，”伍尔摩出于本能脱口大叫，“不！”

虹吸管的管口向上，对准塞古拉大队长的脖子，女子的手指已蓄势待发。一个美女用这样轻蔑的态度看他，他觉得很受伤。他说：“好，请吧，好的。”

于是她启动发射。苏打水喷到塞古拉大队长的脖子，顺着领口往下流。人群中传来海斯巴契医生的声音：“太好了！”塞古拉大队长则怒斥道：“干什么？”

“很抱歉，”那年轻女人说，“我本来要加到我的威士忌里的。”

“你的威士忌！”

“是海格威士忌。”女子说。一旁的米莉咯咯发笑。

塞古拉大队长僵硬地欠欠身。你无法从他的身材或酒量测出他有多危险。

海斯巴契医生说：“小姐，你的虹吸管不能用了。我再去帮你拿一根来。”

那一桌的荷兰人不安地窃窃私语。

“我想他们对我已经失去信任，不会再给我另外一根。”女子说。

塞古拉大队长挤出一丝笑容，难看得像是从破管缝里钻出来的牙膏。他说：“这是我头一遭被人从背后偷袭。我很高兴是败在一个女人手下。”

他又恢复了自若的态度，速度之快令人佩服，虽然发梢还滴着水，衣领也依然濡湿。他说：“我应该回敬你一番的，不过今天太晚，我现在得回营去。我们还会见面吧，我希望？”

“我会待在城里。”她说。

“来度假吗？”

“不是，来工作。”

“如果你的工作证有任何问题，”他暧昧地说，“一定要来找我。晚安，米莉。晚安，伍尔摩先生。我会告诉侍者，这桌由我请客。想吃什么、喝什么尽量点。”

“他下台阶下得很漂亮。”女子说。

“你那一射也很漂亮。”

“用酒瓶去砸他的头未免夸张了点。他是什么人？”

“很多人都叫他红鹰。”

“他虐待犯人。”米莉说。

“我好像和他交上朋友了。”

“这我可不敢确定。”海斯巴契医生说。

他们把桌子并在一起。那两位飞行员欠身致意，报了一串拗口的名字。海斯巴契医生不可置信地对那两位荷兰人说：“你们在喝可口可乐？”

“公司规定不能喝酒。我们三点半要飞蒙特利尔。”

伍尔摩说：“既然塞古拉大队长要做东，我们就多喝点香槟吧，还有可口可乐。”

“我再也喝不下可口可乐了，汉斯，你呢？”

“我可以喝一杯波尔斯[1]。”年轻的飞行员说。

---

1 BOLS，荷兰琴酒的一种品牌。

“在抵达阿姆斯特丹之前，你不能喝波尔斯。”那位空中小姐坚定地对他说。

年轻的飞行员轻声对伍尔摩说：“我很想娶她。”

“谁？”

“帕芙克小姐。”至少听来是这个发音。

“而她不肯嫁你？”

“不肯。”

那个年纪较长的荷兰人说：“我结婚了，还有三个小孩。”他解开胸前口袋的纽扣，“这是他们的照片。”

他递给伍尔摩一张彩色卡片，上面是个上身套着紧身毛衣、下身穿着泳裤的女孩，正在调整她的溜冰鞋。毛线衣上印有“曼巴俱乐部”的字样，伍尔摩念出卡片下方的字：“保证回味无穷。五十位佳丽任君选择，让你不再孤枕难眠”。

“我想你拿错照片了。”伍尔摩说。

那个年轻女子的蜜褐色秀发闪耀着（至少在热带花园酒店的灯光下看起来是这个颜色），对伍尔摩眨眨眼。

“我们来跳舞。”

“我不大会跳舞。”

“那有什么关系。”

他带她乱转一气。她说：“我懂你的意思了。这支舞本来是伦巴舞曲。那是你女儿吗？”

“是啊！”

“长得很漂亮。”

“你才刚来？”

“是的。那两个人在这里已经玩了一晚，所以我就到他们那桌聊聊天。我在这里谁也不认识。”

她的头碰到他的下巴，他可以闻到她的发香。随着他们的舞动，她的秀发不时拂过他的双唇。看到她手上戴着婚戒，他心里泛起莫名的失望。她说：“我的名字是塞弗恩，贝翠丝·塞弗恩。”

“我姓伍尔摩。”

“那我就是你的秘书了。”她说。

“你在说什么？我怎么会有秘书？”

“噢，你当然有。他们没告诉你我要来吗？”

“没有。”

他用膝盖想也知道“他们”指的是谁。

“可是电报是我亲自发的。”

“上星期是有封电报没错，但看得我一头雾水。”

“你那本兰姆的《莎士比亚故事选集》是哪个版本？”

“艾尔曼。”

“该死，他们给我的不是这个版本。那封电报看起来一定乱七八糟的。不过，反正我也找到你了，我很高兴。”

“我也很高兴。当然，也有点吃惊。你住哪里？”

“今晚先住英伦酒店，然后我想尽快搬进去。”

“搬去哪里？”

“当然是你的办公室。我不介意睡觉的地方，任何员工宿舍都可以。”

“可是我没有员工宿舍，我只有一个小小的办公室。”

“呃，你总该有秘书室吧？”

“塞弗恩小姐，我从来就没有请过秘书。”

“叫我贝翠丝就好，这样比较安全。”

“安全？”

“连个秘书室都没有，这倒是个问题。来，我们找个地方坐下。”

一个男人正在唱歌，他身穿传统黑色外套站在树丛间，像极了英国的地方官员：

理智者环绕着你我，
我挚爱的老友们。
他们说地球是圆的——
我的疯狂执意抗拒。
他们说橙橘有籽，
苹果有皮，
我说黑夜即白昼，
而我一无所图。
请不要相信……

他们在轮盘室后面的空桌上坐下，小球跳动的声音清晰入耳。她又恢复了凝重的表情——有如女孩子初次穿上长礼服的那种自觉。她说：“如果我知道我是你的秘书，我绝对不会用苏打水喷那个警察——在没有你的指示之下。”

“你不用担心这个。”

“我来这里是为你分劳，不是替你找麻烦。”

“塞古拉大队长没什么大不了的。”

“你知道，我受过完整的训练，译码和显微摄影技巧的测验都通过了。我可以接手负责联络你旗下的情报员。”

“噢。”

“你的表现太好了，他们不希望你曝光。我曝不曝光就没那么重要了。”

“我很不希望你曝光，含苞待放比较好。”

“我不懂你的意思。”

“我只是想到了玫瑰花。”

她说：“既然那封电报出了差错，那你当然也不知道电报操作员的事啰？”

“不知道。”

“他也住在英伦酒店。他晕机，在休息。我们也得替他找个房间。”

“如果他晕机，或许……”

“你可以让他当会计助理，他受过会计训练。”

“可是我不需要会计助理，我连个会计都没有。”

“别担心，明天一早我会把事情都搞定。这是我的任务。”

“倒是有件事想问你，”伍尔摩说，“跟我的女儿有关。你也来九日敬礼那一套吗？”

“那是什么？”

“你不知道？感谢上帝。”

身穿黑外套的男人正唱到歌曲的尾声。

我说冬天在五月，
而我一无所图。

灯光由蓝转为玫瑰红，舞娘又回到棕榈树中间。骰子在赌桌上转，米莉和海斯巴契医生开心地走向舞池，仿佛她的生日在裂成碎片之后，又重新拼凑成形。

第二章

1

隔天清晨，伍尔摩一早就醒了过来。香槟的后劲犹在，热带花园酒店虚缈的夜晚延伸到了上班的时间。贝翠丝说他表现良好——她是霍索尼和“那些人”的代言人。但想到她和霍索尼一样，都属于那个情报圈的概念化世界，他心里泛起失望。他的情报网……

他在人名资料卡前坐下。在她到这之前，他必须让这些情报员看起来像真的一样。其中一些看起来就快露出马脚，必须加以处理。桑兹教授和工程师希夫已经涉入太多，他不能将他们除掉，这两个人物已经赚进两百比索左右。罗伯兹是个固定道具，也不能割舍。那个古巴航空的醉酒飞行员因为山区建立军事基地的事而拿到五百比索，不过他或许可以以安全为由将他剔除。西恩富戈斯海岸喝酒的轮机长胡安·贝尔蒙特似乎是个够真实的人物，而且他每月的报账只有七十五比索。但另外两个角色恐怕经不起缜密的检视，比如说在数据卡上被形容为“夜总会之王”

的罗格，还有既是上海戏院的舞娘，也是国防部长和邮政督察情妇的特蕾莎（难怪伦敦总部查不到这两个人物）。他决定舍弃罗格，因为任何熟习哈瓦那的人迟早都会质疑他的存在。可是他不能让特蕾莎消失，她是他旗下唯一的女间谍，而且这位新来的秘书恐怕不会跑到上海戏院那种每晚放映三部色情片、中间还穿插表演脱衣舞的地方去。

米莉在他身旁坐下。“这些卡片是什么？”她问。

“顾客名单。”

“昨晚那个女生是谁？”

“我将来的秘书。”

“哇！好神哪你！”

“你喜欢她吗？”

“不知道，你没给我机会和她说话。你们俩一直忙着跳舞和谈情说爱。”

“我们没有谈情说爱。”

“她会嫁给你吗？”

“老天，不会。”

“那你要娶她吗？”

“米莉，搞清楚，我昨晚才认识她。”

“修道院里有个叫玛丽的法国女孩说，真爱都是一见钟情的。”

“你们在修道院谈的都是这种东西？”

“那当然，这是未来要面对的事，不是吗？我们又没有过去可以谈，不过安格妮丝修女倒是有。”

“安格妮丝修女是谁？”

“我跟你提过她，就是很悲伤又很美丽的那个。玛丽说，她年轻的时候曾经有过一次伤心的一见钟情。”

“是她跟玛丽说的？”

“不是，当然不是。不过玛丽知道那件事。玛丽自己也有过两次一见钟情的经验，它们来得突然，去时则无影无踪。”

“我老了，对这种事免疫了。”

“才不呢，有个老男人，都快五十岁了，和玛丽的母亲一见钟情。他已经结婚了，跟你一样。”

“噢，我的秘书也结婚了，所以应该没事。”

“她真的结婚了吗？还是一个漂亮的寡妇？”

“我不知道，我没问她。你真的觉得她漂亮吗？”

“很漂亮，就某种程度而言。”

罗伯兹对着二楼喊：“有个小姐说，她和你有约。”

“请她上来。”

“我要留下来。”米莉言明在先。

“贝翠丝，这是米莉。”

他注意到她的眼睛和发色和昨夜一模一样，可见不是出于香槟或棕榈树的效果。他心想，她看起来很真实。

“早安，希望你昨晚玩得愉快。”米莉用姆妈的语气和她寒暄。

“我做了好多噩梦，”她看看伍尔摩，瞧瞧卡片，又望望米莉，“不过昨晚我玩得很愉快。”

“虹吸管那一招真棒，”米莉大方地说，“请问贵姓？”

“塞弗恩，不过请叫我贝翠丝。”

“噢，你结婚了吗？”米莉假意好奇地问。

“我曾经结过婚。”

“你先生死了吗？”

“据我所知，他没死，只是消失了。”

“噢。”

“他就是那样的人。”

“什么样的人？”

“米莉，你该走了。你不该过问塞弗恩小姐——贝翠丝……”

“我这个年纪，”米莉说，“应该从别人的经验中学习。”

“你说得没错。他是那种聪明又敏感的人，我认为他长得非常帅。他的脸就像自然景观影片中探首向巢外张望的雏鸟，喉结四周长着密绒绒的毛——他的喉结很大。问题是他直到四十岁看起来还是那么生嫩，所以女人都喜欢他。他以前常去威尼斯、维也纳那种地方参加联合国教科文组织的会议。你有保险柜吗，伍尔摩先生？”

“没有。”

“后来呢？”米莉问。

“噢，后来我慢慢看穿他了。我是指真的看穿，没什么不好的意思。他很瘦，而且有点驼背，在我眼前他简直成了透明人。当我看着他时，我可以见到所有的代表，就坐在他的肋骨之间，主席站起来说：‘对有创意的作家而言，自由是不可或缺的。’吃早餐的时候脑海里浮现这种景象，真是怪异极了。”

“所以你不知道他是不是还活着？”

“至少去年还活着，因为我在报上看到他写了一篇《知识分子与原子弹》的文章。你应该有个保险柜的，伍尔摩先生。”

“为什么？”

“你不能让东西四处摊着。再说，你这种老派的商务领袖照理说应该有保险柜才是。”

“谁说我是老派的商务领袖？”

“那是我从伦敦方面得来的印象。我立刻出门替你找个保险柜来。”

“我要走了，”米莉说，“爸，你会保持清醒，是吧？你知道我的意思。”

2

那是令人筋疲力尽的一天。先是贝翠丝出去找来了一个硕大的保险柜，大到需要一台手推车和六个大汉才搬得动，搬上楼的过程中，它撞坏了栏杆和一幅画。屋外聚集了一群看热闹的人，包括几个从隔壁学校逃学出来的学生、两个美丽的黑女人，还有一个警察。伍尔摩抱怨这会让别人起疑，贝翠丝却说，刻意逃避他人的注意才最显得可疑。

“举虹吸管事件为例，”她说，“每个人都会记得我就是那个把警察喷了一身苏打水的女人，没有人会再去问我是谁。他们已经有了答案。”

他们正在和保险柜奋战，这时一辆出租车停在门口，一个年轻人下了车，搬下一只好大的皮箱。

伍尔摩从来没看到过这么大的皮箱。

“他是鲁迪。”贝翠丝说。

“鲁迪？”

“你的会计助理。昨晚我跟你提过。”

“天哪！”伍尔摩说，“这我倒忘了。”

“进来吧，鲁迪，休息一下。”

“叫他进来也没有用，”伍尔摩说，“进来哪里？这里根本没有容纳他的空间。”

“他可以睡在办公室。”贝翠丝说。

“那里没办法放保险柜、我的桌子，再加一张床。”

“我会替你找一张小桌子来。晕机好些了吗，鲁迪？这位是伍尔摩先生，我们的老板。”

鲁迪很年轻也很苍白，他的手指不知是被尼古丁还是什么酸性物质染得黄黄的。他说：“贝翠丝，昨晚我吐了两次。X射线管被他们打破了。”

“先别管那个，我们先把准备工作搞定再说。你出去买张行军床回来。”

“没问题。”

鲁迪说完掉头就走。一个黑女人趋步向前，走到贝翠丝身旁。

“我是英国人。”

“我也是，”贝翠丝回答，“很高兴认识你。”

“你就是往塞古拉大队长身上倒水的那个女人？”

“呃，算是吧。其实我是用喷的。”

黑女人转过身去，用西班牙语对群众解释。好几个人鼓起掌来，那警察则是一脸困窘，悄悄走开。黑女人说：“小姐，你很漂亮。”

“你也很漂亮，”贝翠丝说，“麻烦帮我抬这个箱子。”

她们奋力和鲁迪的箱子纠缠，又推又拉的。

“对不起，”一个男人一面推开人群一面说，“对不起，请让我过去。”

“你要做什么？”贝翠丝问，“你没看到我们在忙吗？约个时间再来！”

“我只是要买吸尘器。”

“噢，吸尘器。那你最好进屋去。请你从箱子上爬过去吧。”

伍尔摩对罗伯兹说：“好好侍候他。看在老天分上，最好能把原子炉吸尘器卖掉。目前为止，我们一台也没卖出去。”

“你要在这里住下来吗？”黑女人问。

“我要在这里工作。多谢你帮忙。”

“我们英国人必须团结一致。”黑女人说。

那些大汉把保险柜安顿好后走下楼来，朝双手吐了些口水，接着用力在牛仔裤上一抹，表示他们受了多少折磨。伍尔摩赏了他们小费。他爬上楼去，苦着脸望着他的办公室。最大的麻烦在于它还真放得下一张行军床，这下他什么借口也没得推托了。他说：“鲁迪没地方放他的衣服。”

“鲁迪早习惯将就环境了。反正你还有书桌。你可以把抽屉里的东西全部清到保险柜里去，这样鲁迪就可以把他的东西放在抽屉里。”

“我从来没用过保险柜。”

“简单得要命。你只要选出三组好记的号码就行了。这条街的邮政编码是多少？”

“我不知道。”

“那，你的电话号码——不，不保险，每个小偷都晓得要试电话号码。你的生日呢？”

“一九一四。”

“哪一天？”

“十二月六号。”

“那我们就设定为十九、六、十四吧！”

“我记不住。”

“噢，你一定记得住。你不可能忘记自己的生日。现在，看我做一遍：先把锁逆时针转四次，然后让指针往前设定在十九，顺时针转三次，设定在六，再逆时针转两次，设定在十四，最后再转一圈，它就锁住了。现在，再以相同的方式去开它。十九……六……十四，看，开了。”

保险柜里躺着一只死老鼠。贝翠丝说：“污损品。我应该叫他打折才对。”

她开始打开鲁迪的箱子，拿出一堆零件：无线电、电池、摄影设备，还有好几条神秘莫测、被鲁迪用袜子包起来的管子。伍尔摩说：“你们怎么可能让这些东西通过海关？”

“我们没有通关。是59200-4-5从金斯敦带过来的。”

“他是谁？”

“他是个私枭，专门走私古柯碱、鸦片和大麻，所以海关早就被他买通了。他们以为他这一回还是走私那些货。”

“要塞满这只箱子可得不少毒品。”

“没错，所以我们花了很多钱。”

她手脚利落，很快便把他抽屉里的东西都清到保险柜里去，接着把鲁迪的东西安顿在抽屉里。她说：“鲁迪的衬衫可能会被弄皱，但别担心。”

“我不担心。”

“这些是什么？”她拿起那几张他早上在看的资料卡。

“我的情报员。”

“你就这样把它们摆在桌上？”

“噢，晚上我会把它们锁起来。”

“你这人没什么安全观念，是不是？”她看着其中一张卡片，“特蕾莎是谁？”

“脱衣舞娘。”

“脱得一丝不挂的那种？”

“没错。”

“你可真有眼福。伦敦方面要我接手联络你的情报员，能不能麻烦你找个她穿上衣服的时候为我介绍一下？”

伍尔摩说：“我不认为她愿意替女人做事。你知道那种女人的脾气。”

“我不知道，你才知道。哈，工程师希夫，伦敦方面常提起他。你不会告诉我他也不喜欢替女人做事吧？”

“他不会说英语。”

“或许我可以跟他学西班牙语。这是个不错的掩护，上西班牙语课。他长得也和特蕾莎一样好看吗？”

“他有个非常会吃醋的老婆。”

“噢，这我应付得来。”

“以他的年纪，他太太那么会吃醋还真奇怪。”

“他的年纪？”

“六十五岁，而且根本没有女人愿意多看他一眼。想想他那个大肚子！如果你想学西班牙语，我可以帮你问问他。”

“这个不急，先缓缓吧。我可以从另外一个人开始，桑兹教授。我很习惯知识分子，因为我先生的关系。”

“他也不会说英语。”

“我想他应该会说法语吧？我母亲是法国人，我会说法语。”

“我不确定他会不会说法语。我去问问看。”

“你知道，你不应该把这些名字就这样一目了然地写在卡片上，万一塞古拉大队长来搜查，你就惨了。我可不愿意见到工程师希夫的大肚子被挖去制成人皮烟盒。只要把若干细节写在他们的代号下面就好，例如，59200-5-3：吃醋的老婆和大肚子。我会帮你写，然后把旧卡片烧掉。该死，那些赛璐珞纸呢？”

“赛璐珞纸？”

“帮助纸张快速燃烧用的。噢，我想鲁迪把它们包在他的衬衫里了。”

“你们带来的东西还真多。”

“现在，我们得把暗房布置好。”

“我没有暗房。”

“这年头谁会有自己的暗房？所以才需要我来帮你。我们需要不透光的窗帘，一个红色灯泡，当然，还要显微镜。”

“要显微镜做什么？”

“制作显微照片。你知道，有时候事情非常紧急又不便通过电报传递，伦敦方面要我们直接和他们联络，以节省通过金斯敦所耗费的时间，我们就可以用一般信件寄送显微照片。你把它做成一个句号贴在信上，他们收到后会把信泡水，黑点就会从信上松落。我想你偶尔会寄信回老家去吧，或是商务信函……”

“我都寄到纽约去。”

“寄给朋友还是亲人？”

“过去十年来我都没有和亲友进行联络，除了我妹妹。当然，圣诞节的时候我会寄些卡片。”

“我们不可能什么事都等到圣诞节。”

“有时候我会寄一些邮票给一个小外甥。”

“就这么办，我们可以把显微照片贴在邮票的背面。”

鲁迪扛着沉甸甸的行军床往楼梯上搬，稍早被撞坏的画框又遭殃了一次。贝翠丝和伍尔摩退到隔壁房间，好腾出空间给鲁迪。两人在伍尔摩的床上坐下，只听到隔壁传来一阵乒乒乓乓还有东西破碎的声音。

“鲁迪的手脚不是很利落，”贝翠丝说，她的眼光四处游移，“这里一张照片也没有。你都不怎么休闲娱乐吗？”

“不经常。除了和米莉及海斯巴契医生在一起时。”

“伦敦方面不喜欢海斯巴契医生。”

“去他的伦敦方面。”伍尔摩说。他突然有股冲动，好想告诉她海斯巴契医生的寓所被糟蹋的模样，还有他苦心研究的实验如何遭到破坏。他说："那些在伦敦的家伙……对不起，我忘了那也包括你。"

"你也是。"

"对，对，我也是。"

鲁迪在隔壁大喊："我弄好了。"

"真希望你不是他们的一分子。"伍尔摩说。

"这是为了生活。"她说。

"这不是真实的生活，这些侦查活动。要侦查些什么呢？秘密情报员发现的都是人尽皆知的事……"

"要不就是捏造。"她说。他呆若木鸡，她却径自说下去，声调丝毫没变，"其他工作也有很多是不真实的。撰写街头演说的讲稿、画政治漫画、写广告词、当骑警队长、在联合国教科文组织会议里发言，这些都很不真实。可是金钱是真的，下班后的生活是真的……我的意思是，你的女儿是真的，她的十七岁生日也是。"

"你下班后都做什么？"

"没做什么，不过我谈恋爱的时候……我们会去看电影，去意式咖啡店喝咖啡，坐在公园里度过仲夏的黄昏。"

"后来怎么了？"

"过真实生活需要两人同心，而他一天到晚在演戏。他自以为是个大情圣，有时候我甚至希望他阳痿一段时间，好让他别那么自信。真正在谈恋爱的人不可能那么有自信的。在爱情里，你总会担心失去爱情，对不对？"她说，"要命，我干吗跟你说这些？来，我们去准备显微相片，编译几封电报吧。”她透过房门望出去，“鲁迪躺在床上，我想他又晕机了。可能晕这么久吗？你有没有哪个房间是没有床的？床总是让人好想聊天。”她打开另一扇门，“桌上摆好了午餐，冷肉和色拉，两人份。谁弄的？神话故事里的小仙女吗？”

“有个女佣每天早上会过来两个小时。”

“再过去那个房间呢？”

“是米莉的房间，里头也有一张床。”

第三章

1

无论从什么角度来看，眼前的这种情况都让他颇不舒服。在过去，他每个月可以为自己、轮机长和脱衣舞娘特蕾莎领到一笔薪水，偶尔还有工程师希夫和桑兹教授的额外支出，那个醉酒的飞行员则偶尔以威士忌为酬。伍尔摩把每月累积的钱都存到他的账户里——那些都是米莉将来的依靠。当然他也必须贡献情报来回报那些钱。借着一张大地图、《时代杂志》上关于西半球的种种报道、政府的经济公报，再加上他的想象力，每星期交出一篇报告并不困难。在贝翠丝出现之前，他只要把每个周六下午空出来做作业即可。教授是经济学的权威，工程师希夫负责奥伦特山区军事基地的追踪。希夫的报告有时与古巴飞行员的消息一致，有时冲突——这冲突反而带来真实的气息。轮机长提供圣地亚哥、马坦萨斯和西恩富戈斯各地的劳工情势以及海军内部逐渐高涨的不满情绪。至于脱衣舞娘特蕾莎，则提供国防部长和邮政督察鲜为人知的性癖好与私生活。由于伍尔摩在这方面的想象力相当丰富，因此做起文章来十分生动，栩栩如生，足可媲美《地下恋情》杂志中那些电影明星的报道。

现在来了这位贝翠丝后，要担心的事可就多了。她一直坚持要为他上显微摄影的课。还有鲁迪，为了避免他闲得发慌，他得多想些电报让他去发。伍尔摩送出去的电报愈多，收到的也就愈多。现在伦敦每星期都催着他要奥伦特方面的照片，而贝翠丝也愈发急于接手情报员的联络事宜。她告诉他，一个情报站的头子亲自接触下游情报员，是违反规定的。有一回他带她去乡村俱乐部吃晚餐，好巧不巧，正好柜台有人呼叫工程师希夫。有个眼睛斜视、瘦极了的男人从邻桌站起来。

“那是希夫？”贝翠丝尖锐地问。

“是的。”

“但你说他六十五岁了。”

“他看起来比实际年纪年轻。”

“你说他有个大肚子。”

“不是大肚子，是大凸子，你没看到他有斜眼吗？大凸子是本地人对斜眼的说法，因为眼白看起来比较突出的缘故。”这说法转得好硬。

在那之后，贝翠丝开始拿另一个伍尔摩创造的浪漫角色自娱——古巴飞行员罗文·多明格斯。她热切地搜集他个人的点点滴滴，以建立一个属于他的完整档案。这个飞行员当然有个凄恻动人的故事。他在西班牙内战中失去挚爱的妻子，于是在痛苦中幡然醒悟，决心脱离战争，特别是远离了他的共产党友人。贝翠丝问得愈多，这个角色就发展得愈完全，而她也日益渴望和他接触。有时候伍尔摩甚至觉得嫉妒，于是试图抹黑这个人物。

“他每天喝掉一瓶威士忌。”他说。

“他是借酒浇愁，想要逃开寂寞和悲惨的回忆，”贝翠丝说，“你有时候不也会想要逃避什么吗？”

“我想每个人偶尔都会。”

“我了解那种寂寞，”她同情地说，“他整天都喝酒吗？”

“不，最糟的是在半夜两点的时候。每当他醒来，思绪纷乱得难以入睡时，就拿酒来麻痹自己。”伍尔摩对自己讲故事的天分也相当惊讶，不管是什么问题，他都能够快速回答。这些人物仿佛生存在他的意识边缘——只要一按开关，人物就自然成形，栩栩如生。在贝翠丝到哈瓦那来不久后，罗文的生日到了，她提议送他一箱香槟。

“他不会碰香槟的，”伍尔摩说，自己也不知道为什么，“他受不了酸性的酒，一喝香槟就过敏，身上会冒红斑。桑兹教授反而是除了香槟之外什么也不喝。”

“很有品位。”

“堕落的品位，”伍尔摩想都没想就回答了，“他偏好西班牙香槟。”

有时候他有点害怕这些人在暗中趁他不备时自行成长成形。特蕾莎在那虚拟的世界中做什么呢？他懒得去想，但有种怔怔的不安困扰着他。她对自己那两段恋情如此赤裸裸的描述令他感到吃惊。但眼前棘手的问题是罗文，有时候伍尔摩甚至认为如果真有其人的话，事情可能会容易些。

洗澡是伍尔摩思绪最清楚、最有创意的时候。有天早上他正集中注意力思索着，突然听到浴室外传来一阵愤愤的噪声，有人猛然在门上捶了几下，然后是用力踩踏楼梯的声音。但当时正巧有个点子灵光乍现，他根本不去理会蒸汽外的那个世界——罗文因为酗酒被古巴航空解雇了，他在绝望中丢了差事。塞古拉大队长和他之间有一次不愉快的晤谈，他威胁……

“你还好吗？”贝翠丝从门外呼叫他，“你还活着吗？我要破门而入了。”

他赶紧在腰上围上毛巾走进他的卧室——那儿现在已兼做他的办公室。

“米莉气急败坏地下楼来，”贝翠丝说，“她等着用浴室等了好久。”

“现在是紧要关头，”伍尔摩说，“很可能会改变历史呢。鲁迪哪里去了？”

“你该知道你已经准他周末休假吧。”

“那就算了。看来我们得通过大使馆发电报。把密码手册拿来。”

“在保险柜里，号码是多少？你的生日，不是吗？十二月六日。”

“我改了。”

“生日能改吗？”

“不能，我当然是指开锁的号码呀。”他一副自以为是的神气，“愈少人知道愈好，鲁迪和我就够了，这是纪律。”他到鲁迪的房间去，开始旋转密码锁——四次向左，三次向右。他的毛巾一直往下滑。“而且，每个人都能轻易地从我的身份证上知道我的生日，这类数字最不安全了，他们一知道马上就会试的。”

“继续，”贝翠丝说，“还有一圈。”

“没有人猜得出这个号码，绝对安全。”

“你在等什么？”

“我一定转错了，要再重来一次。”

“这个密码显然安全极了，连你自己都记不住。”

“请不要盯着我看，你让我觉得心慌。”

贝翠丝转过去面壁而立。她说：“等我可以转过来的时候告诉我一声。”

“太奇怪了，这个该死的东西一定坏了，打电话找鲁迪。”

“我没办法联络上他，他到巴拉德罗海滩去了。”

“该死！”

“或许你可以告诉我，当初你是怎么记这个号码的？”

“那是我姑婆的电话号码。”

“她住在哪里？”

“牛津，伍德斯托克路九十五号。”

“为什么选你姑婆？”

“为什么不能选我姑婆？”

“我想我们可以打电话到牛津电信局去询问。”

“我怀疑他们是否帮得了忙。”

“她的姓名是？”

“我也忘了。”

“这个密码真是安全，不是吗？”

“我们都叫她凯特姑婆，但不知道她姓什么。而且她已经死了十五年，电话号码应该也已经改了。”

“我实在不明白你为什么会选她的号码。”

“你的脑袋里难道没有一些一辈子都记得牢牢的却又不知道为什么的号码吗？”

“但这个号码你好像不是记得很牢。”

“我就快要记起来了，好像是七、七、五、三、九。”

“噢，亲爱的，原来牛津的电话号码是五位数。”

“我们可以试试七、七、五、三、九所有的组合。”

“天哪，你知道那有多少种吗？我猜大概有六百种吧。希望你这封电报并不急。”

“除了七之外我都很确定。”

“很好，是哪个七呢？我想我们现在得开始列出六百种可能，但我又不是数学家。”

“鲁迪一定把它写在某个地方了。”

“可能写在防水纸上，这样他才能带着进去洗澡。我们是个有效率的团队嘛。”

“或许，”伍尔摩说，“我们应该用旧的书码。”

“那么做并不安全，但是……”

最后他们在米莉的床边找到了兰姆的书。书翻开朝下摆着，看来她的《维罗纳二绅士》正读到一半。

伍尔摩说：“译出这封电报——空白三月空白。”

“连个日期都没有吗？”

“A节开始，59200-5-4因值勤时酗酒遭到解雇。恐怕会被遣回西班牙有生命安全之危。”

“可怜的罗文。”

“B节开始59200-5-4……”

“我们能不能直接讲‘他’就好？”

“好啊，就这样。在这种情况下他可以到牙买加接受庇护并在合理的酬劳下飞到秘密军事机地上空去拍照。C节开始，他可能自圣地亚哥起飞于金斯敦降落如果59200能够安排接待的话。”

“我们终于要采取行动了，不是吗？”贝翠丝说。

“D节开始，可否请批准五百元供59200-5-4租飞机之用。另外两百元用来贿赂哈瓦那机场员工。E节开始，给59200-5-4的酬劳请尽量优渥因该任务须冒被奥伦特山头巡逻机逮捕之险。我建议一千元。”

“多可爱的一大笔钱。”贝翠丝说。

“信息结束。继续啊，你在等什么？”

“我努力在找一个适当的句子。我并不喜欢兰姆的故事集，你呢？”

“一千七百元。”伍尔摩若有所思地念着。

“你应该凑到二千元，A.O.喜欢整数。”

“我不希望显得太需索无度。”伍尔摩说。一千七百元应该足够应付瑞士女子社交礼仪学校一年的学费。

“你看起来一副沾沾自喜的样子，”贝翠丝说，“你难道没想到这么做可能会害死他吗？”

他心想，这正是我打算要做的事。他说：“告诉大使馆的人，要他们优先处理这封电报。”

“这是封长电报，”贝翠丝说，“你觉得这个句子如何？

‘他把波里多和凯德华尔带到国王面前，告诉他这是他失散多年的儿子，古德律斯和阿维拉古斯。’莎士比亚有时候也蛮无趣的。”

2

一星期后他带贝翠丝到海港附近一家海鲜店去吃晚餐。上回的电报已批准下来，但经费被删了两百元，可能一千五百元对A.O.来讲比较像个整数吧。伍尔摩在心里想象着罗文开车前往机场，开始他的冒险飞行。但故事并非就此结束，一个假造的人物仍可以为所欲为。正如在真实生活中，任何意外都有可能发生，他或许在起航前被拦截下来，或许在前往机场的路上被警车阻挠，也可能被关进塞古拉大队长的牢房里受凌虐——只是报纸上一点风声也不会走漏。伍尔摩将警告伦敦，万一罗文被迫供出他的名字的话，他会设法搭机逃亡，远离哈瓦那。在最后的信息传送出去后，无线电报机将拆解藏匿，然后他会用赛璐珞纸引发一场大火，湮灭所有证据……或者罗文也可能安全起飞，而大家永远也不会知道他在奥伦特山头到底发生了什么事。这个故事里唯一确定的一件事是：他没有抵达牙买加，所以也就没有照片可提供。

“你在想什么？”贝翠丝问。

盘子里的龙虾他碰都没碰。

“我在想罗文的事。”

海风从大西洋上吹过来。莫罗城堡躺在海岸线上，像极了一艘横渡海港的游轮。

“担心吗？”

“当然担心。”

如果罗文在午夜起飞，他将在黎明前抵达圣地亚哥加油，那儿的地勤人员相当友善，不像奥伦特充满暴戾之气。然后当曙光亮度足以拍摄照片且巡逻机尚未起飞时，就是他展开山巅侦察行动的开始。

“他没有喝酒吧？”

“他答应我不喝的，但谁知道呢？”

“可怜的罗文。”

“可怜的罗文。”

“他从来没有享受过生活的乐趣，是不是？你应该把他介绍给特蕾莎的。”

他尖锐地看着她，但她似乎全心在享用她的龙虾。

“那么做不太安全吧？”

“去他妈的安全。”她说。

晚餐后他们沿着马莱孔大道走路回家。海风湿润的夜晚，路上行人稀少，车辆也少。黑暗大西洋中的翻腾巨浪攀越海岸线，浪潮余波飞向马路，越过四线道，像落雨般拍打着他们一路经过的斑驳路柱。云朵自东方竞相浮现，他突然觉得自己是哈瓦那逐日受潮侵蚀的一部分，十五年是段漫长的岁月。他说：“看，那些灯光里有一个人可能就是他。他一定觉得很孤独。”

“你的口气好像小说家。”她说。

他在一根柱子下停了下来，焦虑又猜疑地看着她：“你是什么意思？”

“嗯，没什么特别的意思。只是有时候我觉得，你好像把你的情报员看作是人体模特儿，或书里头的角色。你至少是个活生生的人，对吧？”

“这样说我真是太坏了。”

“嗯，算了，把我的话忘了，谈个你真正爱过的人吧。你的太太。谈谈她吧。”

“她很漂亮。”

“你想念她吗？”

“当然，当我想起她的时候。”

“像我就不会想念彼得。”

“彼得？”

“我丈夫，联合国教科文组织那一个。”

“你真是幸运，你自由了。”他看看表，再看看天空，“他应该已经在马坦萨斯上空，除非有事耽搁了。”

“你是这么替他计划的吗？”

“嗯，路线当然是他自己决定的。”

“还有他的结局？”

她声音里的某种东西——某种敌意——再次令他震惊。她是不是已经开始怀疑他了？他快步往前走。他们经过卡门酒吧和恰恰俱乐部——俗亮的标志漆涂在十八世纪风格的老旧套窗上。一张张美丽的脸庞在微晕的灯光下向外望，棕眼、黑发、西班牙、肌肤深黄，一个个惑人的美臀倚在吧台上，等待着任何循向这条咸湿大道而来的生命契机。哈瓦那就像个大工厂，随时将美丽的人体送上输送带。他不要这种美。他在一盏路灯下停下来，回头直望那双坦率的眼睛，他想诚实以对。

"我们去哪里？"

"你不知道吗？这不也和罗文的航行一样，是预先计划好的吗？"

"我是在走路！"

"你不想坐在无线电机旁边等待吗？罗文在执行任务呢！"

"到清晨以前不会有什么消息的。"

"所以你还没计划好下一个信息啰——在圣地亚哥坠机？"

风里的盐分、心里的忧虑，让他觉得口干舌燥。他觉得她好像猜出了一切，她会告诉霍索尼吗？"他们"下一步会怎么做？他们没有法律上的依据可以制裁他，但他猜想他们可以让他永远回不了英国。他想，她会搭乘下一班飞机回英国去，这样一来他的生活又将一如以往。当然，这是最好不过了。他的生命是奉献给米莉的。他说："我不懂你在说什么。"

一波巨浪冲过堤防，绝天拔地，像一棵缀满灯饰的圣诞树。然后它沉了下去，另一棵树升起，更进一步推向国家俱乐部。他说："你今天整个晚上都怪怪的。"拖延无济于事，如果游戏就要落幕，不如让它结束得早一点。他问："你在暗示什么？"

"你说在机场——或是飞行途中，不会发生坠机？"

"你为什么认为我会知道？"

"你整个晚上的表现让我觉得你知道。你谈到他时就像在谈论一个不存在的人似的。你好像是个差劲的小说家，为他预写了一首挽歌。”

一阵风吹来，把他们吹得好近。她说：“难道你从不厌倦看着别人去冒险吗？到底是为什么？为了玩玩《少年世界》上的游戏？”

“你也是这场游戏中的一分子。”

“我才不像霍索尼一样信这一套。”她愤怒地说，“我宁可当个骗子也不愿被人当傻子或菜鸟戏弄。难道你的吸尘器生意赚得不够多吗，何必蹚这浑水？”

“不够，我有米莉。”

“如果霍索尼没有找上你呢？”

他悲哀地开自己玩笑：“或许我会为钱再婚。”

“你真的可能再婚吗？”

看来她是打定主意要来一场严肃的讨论。

“嗯，”他说，“我不知道。米莉可能不会承认那是一场婚姻吧，我这做父亲的也不该吓自己的小孩。我们是不是应该回去听听无线电了？”

“但你不认为会有什么消息，不是吗？你刚说过的。”

他闪烁其词：“在三个小时内应该不会有，但我想在他着陆前应该会和我们联络。”

奇怪的是，他竟真的感觉紧张起来，他甚至期盼那风动云涌的暗色苍穹真能传给他一些信息。

她说：“你可以跟我保证你没有运作——任何事吗？”

他没吭声，兀自转过身去，看着漆黑一片的前任总统宫殿——击出生命中的最后一搏之后，他就不曾再安卧于此——而就在它下面的人行道上，他看到有个人正弯着腰躲着浪潮飞沫，那是海斯巴契医生。他可能刚从惊奇酒吧出来，正准备回家。

“海斯巴契医生！”伍尔摩叫住他。

那老人抬起头往上看，有一会儿伍尔摩几乎以为他就要走掉了。

“怎么了，海斯巴契？”

“噢，是你，伍尔摩先生，我正想到你哪！真是说鬼鬼到啊！”他说。

他虽然一副开玩笑的口吻，但伍尔摩敢发誓海斯巴契是真的被这场巧遇给吓坏了。

“你还记得塞弗恩小姐吗，我的秘书？”

“米莉生日那天，当然记得，还有喷水的事。你们这么晚在外头做什么，伍尔摩先生？”

“我们去吃饭，散散步……你呢？”

“跟你们一样。”

高空中传来一阵激扰的引擎声，轰隆而去，渐行渐远，最后没入风与海的噪声里。海斯巴契医生说：“那应该是从圣地亚哥来的飞机，这么晚才到，奥伦特的天气一定很糟。”

“你在等人吗？”伍尔摩问。

“没，没等什么人。你和塞弗恩小姐介意到我那儿小酌一番吗？”

上回暴力的痕迹已消失无踪，房子里又恢复了秩序。照片挂回了它原来的位置，管状椅四处站立，像极了怪异的访客，这重建秩序后的空间暮气沉沉。海斯巴契医生为他们倒上威士忌。

“我为伍尔摩先生能有个秘书感到高兴，”他说，“不久前你还在担心生意不好。那个新型吸尘器……”

“事情莫名其妙就好转了。”

他第一次注意到一张年轻的海斯巴契穿着一身第一次世界大战军官制服的照片。或许那是上回闯入者从墙上拆下来的照片之一。

“我从来不知道你在军中待过，海斯巴契。”

“战争爆发时我还没有念完医学院。军医生涯给我很大的震撼——把人治好，好让他们更快被杀死。那不是很蠢吗？治病的目的应该是让病人能活得更久！”

“海斯巴契医生，你是什么时候离开德国的？”贝翠丝问。

“一九三四，所以我可以宣称无罪。亲爱的小姐，我知道你在想什么。”

“我没有那个意思。”

“请原谅我。问问伍尔摩先生就知道，我以前并不会这么多疑。要不要来点音乐？”

他放了张《崔思坦[1]》的唱片。伍尔摩想起了他的妻子，她甚至比罗文还要缥缈。她同死亡或爱无关，她代表的只是一只订婚戒指、仕女杂志，或者无痛分娩法。他望着房间另一端的贝翠丝·塞弗恩。致命的酒、无望的旅程、森林里的降服……她象征的是这样的世界，而对他而言，他们仿佛属于同一个世界。海斯巴契医生突然站起来，拔下墙上的插头。他说：“对不起，我在

1　Tristan，中世纪骑士文学中的一个人物，身世悲惨，其故事有多种版本。——编者注

等一通电话。这音乐太大声了。”

“病人的电话吗？”

“不完全是。”他又斟了杯威士忌。

“海斯巴契，你又重新开始你的实验了吗？”

“没有。”他绝望地环顾四周，“很抱歉，没有苏打水了。”

“我喜欢喝纯的。”贝翠丝说，她走到书架前去，“海斯巴契医生，除了医学方面的书外，你还看些什么书吗？”

“很少，就海涅、歌德那些德国的作品吧。你看德文书吗，塞弗恩小姐？”

“不看。不过你还是有几本英文书。”

“那是一个病人送我用来抵医药费的，我都还没看呢。这是你的威士忌，塞弗恩小姐。”

她从书架前走回来，拿起威士忌。

“这是你的家乡吗，海斯巴契医生？”她看着年轻军官画像旁一幅维多利亚风格的彩色石版画。

“我在那儿出生。没错，那是个小城，有一些古老的城墙、倾颓的古堡……”

“我去过那儿，”贝翠丝说，“在战前，父亲带我去的。靠近莱比锡，对不对？”

“是的，塞弗恩小姐，”海斯巴契医生神色苍凉，“是靠近莱比锡，没错。”

“希望俄罗斯人没有破坏它的祥和。”

海斯巴契医生门厅里的电话响了起来。他迟疑了一会儿。

“对不起，塞弗恩小姐。”他说。他走进门厅接电话，随手关上身后的门。

“不管是东德还是西德，”贝翠丝说，“家是最美的地方。”

“我想你会向伦敦方面报告这件事吧？但我已经认识他十五年，而他也住在这里二十多年了，他是个善良的老人，最好的朋友……”

门打开来，海斯巴契医生回到房间内。

“抱歉，我觉得不太舒服，或许你们可以改天再来听音乐、喝酒。”

他沉沉地坐下，拿起酒杯，又放回去。他额前渗出汗来，不知是不是因为夜的湿热。

“坏消息？”伍尔摩问。

“是啊。”

“我能帮什么忙吗？”

“你！”海斯巴契医生说，“不，你帮不上忙，塞弗恩小姐也不能。”

“病人吗？”

海斯巴契医生摇摇头。他掏出手帕来擦干额头。他说：“谁不是病人？”

“我们最好告辞了。”

“是的，走吧！就像我说的，医生应该要治好病人，好让他再活久一点的。”

“我不懂。”

“难道这世上再也没有和平了吗？”海斯巴契医生说，“很抱歉，医生应该要习惯死亡的，只是我并不是个好医生。”

“谁死了？”

“发生了一件意外，”海斯巴契医生说，“只是个意外，当然是意外。有辆车在靠近机场的路上撞车了，一个年轻人……”他激愤地说：“这种事到处都有，不是吗？到处都有。这当然纯粹是个意外。他太喜欢喝酒了。”

贝翠丝说：“他不会刚好叫作罗文吧？”

“没错，”海斯巴契医生说，“那正是他的名字。”

第四部

第一章

1

伍尔摩打开门来，昏黄的街灯映照在吸尘器上，一个个影影绰绰地立着，像是墓碑。他开始爬楼梯。贝翠丝悄声说道：“等等，等等，我好像听到……”

这是他们在离开海斯巴契医生的寓所后第一次交谈。

“怎么了？”

她伸出手从柜台上拿了某样金属物，把它当棍棒般拿着：“我好害怕。”

还不及我一半害怕呢，他想。我们真的能借一支笔创造出有血有肉的人吗？那会是什么样的实体？莎士比亚完成了《麦克白》后，是否也曾于小酒馆亲耳听到邓肯的死讯？或是听到自己的卧房门外响起叩门声？[1]他站在店里，轻轻哼起歌曲来鼓舞自己。

1　在莎士比亚悲剧《麦克白》中，麦克白杀害苏格兰国王邓肯登上王座。

他们说地球是圆的——

我的疯狂执意抗拒。

“嘘，”她说，“有人上楼来了。”

他心想，他只是害怕自己想象中的人物，倒不怕真人恶棍。他快速往上跑，却突然被一个黑影挡住。一时间他真想叫出他创造的所有人物，一次痛快地了结——特蕾莎、轮机长、教授、工程师。

“怎么这么晚才回来？”是米莉的声音。那只是米莉站在她的房门到浴室之间的通道上。

“我们去散步了。”

“你跟她一起回来？”米莉问，“为什么？”

贝翠丝谨慎地拾级而上，手上还警戒地握着那根棒状物。

“鲁迪醒着吗？”

“没有吧！”

贝翠丝说：“要是有什么消息的话，他应该会熬夜等你。”

如果这个角色活生生到足以死亡，那么应该也真实到能够传消息过来。他打开办公室的门，鲁迪被吵醒了。

“有消息吗，鲁迪？”

“没有。”

米莉说：“你们错过了好戏。”

“什么好戏？”

“到处都是警察，你们应该有听到警笛声。我以为是革命暴动，所以打电话给塞古拉大队长。”

“什么事？”

“有人企图刺杀某人，当时那个人正从内政部长官邸走出来。行刺的人一定以为他是内政部长，但结果不是。他从车子的窗口向外射击，然后逃走。”

“那是谁？”

“还没有捉到。”

“我是指——刺杀的对象。”

“不是什么重要人物，但他长得和部长很像。你们到哪里去吃晚餐？”

“维多利亚。”

“有吃龙虾吗？”

“有。”

“我很庆幸你长得不像总统。塞古拉大队长说可怜的希夫博士吓得都尿湿了裤子，后来还到乡村俱乐部去大醉一场。”

“希夫博士？”

“你知道的嘛，就是那个工程师啊！”

“他们朝他开枪？”

“我说过他们认错人了。”

“我们坐下来好吗？”贝翠丝说道，她指的是自己和伍尔摩两个人。

他说：“到饭厅去……”

“我不要坐硬邦邦的椅子，我要软一点的东西，我觉得想哭。”

“嗯，如果你不介意的话，到卧室去，那……”他犹疑地说着，看着米莉。

“你认识希夫博士吗？”米莉同情地问贝翠丝。

“不认识，我只知道他有个大凸子。”

“什么是大凸子？”

“你父亲说那是斜眼的方言。”

“他告诉你的？可怜的老爸。”米莉说，“这下你可惨了。”

“好了，米莉，请你回去睡觉好吗？贝翠丝和我还得工作。”

“工作？”

“没错，工作。”

“这么晚了还要工作？”

“他会付我加班费。”贝翠丝说。

“你在学跟吸尘器相关的事吗？”米莉问，“你手上拿的那个是喷嘴。”

“真的？我拿它是为了防身打人。”

“那玩意儿并不合适，”米莉说，“它有个望远镜套筒。”

“为什么要装这个东西？”

“可以在最不巧的时候偷窥啊！”

“米莉，拜托……”伍尔摩说，“都快两点了。”

“别担心，我就要回房间去了，而且我还要为希夫博士祷告。要真被射中可不是好玩的，那颗子弹穿透了一堵墙，想想看，要是射在他身上会有多惨。”

“也为一个叫罗文的人祷告吧！”贝翠丝说，“这个他们可没失手。”

伍尔摩平躺在床上，合上双眼。“我不懂，”他说，“没一件事想得通，没一件事。这一定是巧合，一定是的。”

“不管他们是谁，他们愈来愈狠了。”

“但这是为什么呢？”

“间谍本就是危险的行业。”

“但希夫并不是真的……我是说他并没那么重要。”

“可是奥伦特的那些基地很重要。你的情报员好像很容易被击中，真不懂怎么会这样。我想你应该尽快通知桑兹教授和那个女孩。”

“女孩？”

“那个脱衣舞娘。”

“但怎么通知呢？”他无法对她解释他一个情报员也没有，他从来没有见过希夫或桑兹教授，而特蕾莎和罗文甚至根本不存在；罗文是为了死去才突然变成真的。

“米莉说这个叫什么？”

“喷嘴。”

“我好像在哪里见过这个东西。”

“应该有吧，大多数的吸尘器都有这个东西。”他从她手上拿下喷嘴。他不太记得寄给霍索尼的图中有没有这个东西。

“我现在该怎么做呢，贝翠丝？”

“我觉得你的人应该躲起来一阵子，当然不能躲在这里，太挤了，而且也不安全。你那位轮机长呢——他能不能把他们藏在船上？”

“他人在前往西恩富戈斯的船上。”

“话说回来，他也可能会遭到毒手，”她若有所思地说着，“我想不通他们为什么让你和我平安回来。”

“什么意思？”

“他们轻而易举就可以当面把我们干掉。或许他们想拿我们当饵。当然如果行不通的话，随时都可以把饵做掉。”

“你真是个可怕的女人。”

“不，我只是让你回到《少年世界》里来，你应该要感到庆幸才对。”

“为什么？”

“它也很可能是《星期日镜报》呢。这个世界不过是畅销杂志的翻版，我的丈夫就是从《偶遇杂志》里走出来的人。我们要弄清楚的问题就在于他们到底是属于哪一种报刊。”

“他们？”

“我们就先假设他们属于《少年世界》好了。那到底是苏联情报员、德国情报员、美国情报员——什么？很可能是古巴情报员。你报告中的那些平台一定是古巴官方弄的，不是吗？可怜的罗文，希望他死得很快。”

他真想告诉她所有的事，但“所有的事”是什么呢？他自己都糊涂了。罗文被杀了，海斯巴契亲口说的。

“首先是上海戏院，”她说，“这么晚了它还开着吗？”

“第二场还没演完呢。”

“希望警方比我们晚到。当然他们并没有动用警力对付希夫，他的身份可能太重要了。杀人一定得避免引发丑闻。”

“我从来没想过这方面的事。”

贝翠丝打开床头灯，走到窗边去。她说：“你这里有后门吗？”

“没有。”

“我们必须全部改动，”她说得煞有介事，好像自己也是个建筑师似的，“你认识一个跛脚的黑人吗？”

“那应该是乔伊。”

“他正从窗下慢慢走过去。”

“他出售春宫画，正要回家去，就这么简单。”

“以他的速度当然是不可能跟踪你，但他可能是他们的人。总之，我们得硬着头皮试试看了。他们显然想在今天晚上来一场赶尽杀绝。妇孺优先，教授还可以再等等。”

“但我从来没有在戏院见过特蕾莎，她在那里用的或许是别的名字。”

“但你总可以认出她来吧，虽然是裸着身子？当然啦，脱光的时候，大家看起来都蛮像的，就像日本人一样。”

“我不认为你应该去。”

“我一定得去，如果其中一个人出状况，另一个人可以接替。”

“我在说的是上海戏院，可不是《少年世界》。”

“婚姻也不是啊，”她说，“虽然在教科文组织就是了。”

2

上海戏院位于大沟路的窄巷里，周遭满布酒吧。它的门口挂着煽情的广告牌，售票处不知为何却设在外头的人行道上，或许是因为大厅里设了一个让顾客在中场休息时打发时间的色情书报摊，所以没有空间留给售票处。街上的黑人皮条客好奇地看着伍尔摩和贝翠丝，他们不常看到欧洲女人在这里出现。

“我觉得离家好远噢。”贝翠丝说。

每张票售价一又四分之一比索，而戏院里仍然座无虚席。领他们到位子上的那个男人拿出一盒春宫明信片给伍尔摩，索价一比索。伍尔摩拒绝了，那人又从口袋里掏出另一盒来。

“想要的话就买了吧，”贝翠丝说，“如果你觉得不好意思，我专心看秀就是了。”

“看秀和看画，”伍尔摩说，“其实没什么差别。”

带路的那个男人又问贝翠丝要不要大麻烟。

“Nein, Danke。[1]”贝翠丝说道，语言都搞错了。

舞台的另一边，争妍斗艳的海报为这附近各家美女如云的夜总会大肆宣传。还有个告示牌，用西班牙语和拙劣的英语写着：“禁止观众调戏舞者”。

“哪一个是特蕾莎？”贝翠丝问。

1　德语：不，谢谢。

“我想一定是戴着面具胖胖的那个。”伍尔摩随口胡诌。

她正扭动着肥润的屁股离开舞台，观众席里一阵掌声和兴奋的口哨声。接着灯光暗了下来，一面银幕徐徐放下，电影开始了。起初还称得上中规中矩：有个人骑着脚踏车，森林的景致，轮胎破了，男女主角邂逅，绅士脱帽致意……然后是一堆光影闪动和雾面处理。

贝翠丝一声不吭地坐着。当他们一同观赏这亘古不变的爱的蓝图时，彼此之间有种奇异的亲密交流。一时间，那不断重复的人身扭动，比外面的整个现实世界都来得有意义。欲望的行动和爱的行动是相同的，它不像情感，容不得虚假造作。

灯光又亮了起来，他们无言地呆坐着。

“我的嘴好干。”伍尔摩打破沉寂。

“我也好渴，我们现在可不可以到后台去看看特蕾莎？”

“等一下还有另外一部电影，然后舞者会再上台来表演。”

“我心脏没那么强，受不了再看一场。”贝翠丝说。

“表演完毕前，他们不会允许我们到后台去的。”

“我们可以到街上等，对不对？而且可以借此观察是不是被跟踪了。”

他们在第二部电影开场时离开。他们是唯一起身离去的人，所以如果有人跟踪他们的话，也一定是等在街上。但是街上那些皮条客和出租车司机没有特别可疑的。有个人倚在电线杆上睡觉，一组彩券斜挂在他的脖子上。伍尔摩想起和海斯巴契医生在一起的那个夜晚。就是在那个晚上，他学会了兰姆《莎士比亚故事选集》的新用途。可怜的海斯巴契喝得酩酊大醉。伍尔摩还记得当自己从霍索尼的房间出来时，他是多么狼狈地蜷在沙发上睡着了。他对贝翠丝说："如果猜对了书的话，要破解书码是多么容易啊！"

"对一个专家来讲并不难，"她说，"那只是耐心的问题。"

她走到那个彩券贩子前面，把他的彩券号码摆正。那人并未醒来。

"斜着很难看懂。"她说。

那天晚上他曾把兰姆挟在腋下、插在口袋里或是放在皮箱里吗？当他扶起烂醉的海斯巴契时，他可曾把那本书放在地上？他什么都记不起来，而这种猜疑也未免太卑鄙了。

"我想到一个有趣的巧合，"贝翠丝说，"海斯巴契医生所读的兰姆是我们那个版本。"看来她的基础训练好像包括了心电感应这一项。

"你在他的房子里看到了？"

"没错。"

"如果真有什么秘密的话，"他辩解着，"他应该会把它藏起来。"

"或许他想警告你。记得吗，是他邀请我们去他家的，也是他告诉我们罗文发生意外的。"

"他不可能事先知道会遇到我们。"

"你怎么知道不可能？"

他很想辩驳说，根本没有一件事是可以相信的，罗文不存在，特蕾莎也不存在！但他心思一转，那么一来她将打包离去，为这个故事留下未知的结局。

"观众出来了。"贝翠丝说。

他们发现了一个通往更衣室的偏门。通道上挂了一盏没灯罩的灯泡，显然已燃烧过太多的日与夜。通道几乎被垃圾箱给堵死了，有个黑人拿着扫帚，兀自低着头清扫那些沾满胭脂扑粉的棉片纸屑。这地方有种梨子糖的气味。或许他们最后会发现这里并没有特蕾莎这号人物，但他还是懊悔自己当初为什么选了这么一个常见的名字。他推开一扇门来，里头俨然是中古世纪的堕落深渊，放眼过去满是烟雾与裸女。

他对贝翠丝说："你不觉得你最好回去吗？"

"在这里需要保护的是你。"

没有人注意到他们。那个胖女人从耳边卸下面具，啜饮着一杯酒，一只脚搁在椅子上。有个肋骨像琴键般排列的瘦女孩，正在穿丝袜。这些裸女摇乳翘臀，香烟在浅碟中半烧着，气味浓重。有个男人站在梯子上，拿着螺丝起子修东西。

"她在哪儿？"贝翠丝问。

"我想她不在这里，或许是生病了，说不定正和她的情人在一起。"

有人穿上衣服，掀起一阵暖暖的气流。胭脂粉末飞舞，像是尘埃。

"试着叫叫她吧！"

他叫了一声"特蕾莎"，不情不愿的。没有人注意他。他再试了一次，那个梯子上的男人朝下看着他。

"Paso algo？[1]"他问道。

1 西班牙语：什么事。

伍尔摩用西班牙语说他在找一个叫特蕾莎的女孩，那个男人则建议马利亚更好，他用螺丝起子指指那个胖女人。

“他说什么？”

“他好像不认识特蕾莎。”

这个男人在梯顶上坐了下来，开始发表长篇大论。他说在哈瓦那找不到比马利亚更好的女人，她什么都没穿的时候有一百公斤重。

“显然特蕾莎不在这里。”伍尔摩松口气道。

“特蕾莎，特蕾莎，你找她有什么事？”

“我就是，找我有事吗？”

那个瘦女孩问道，走上前来，手上握着一只丝袜。她瘦小的胸脯和梨子一般大小。

“你是谁？”

“苏儿·特蕾莎。”

贝翠丝说：“那是特蕾莎吗？你说她很胖，就像戴面具的那个一样。”

“不，不，”伍尔摩说，“那不是特蕾莎，她是特蕾莎的妹妹，苏儿是妹妹的意思。”他说，“我会请她帮我们捎个口信。”

他拉起瘦女孩的臂膀到一旁去，并试着用西班牙语警告她要小心。

“你是谁？我不懂你在说些什么。”

“事情有些阴错阳差，唉，说来话长。有人可能想要伤害你，这几天请尽量待在家里，不要到戏院里来。”

“我必须来，我在这里接客。”

伍尔摩拿出一沓钱来。他说："你有亲人吗？"

"我母亲。"

"到她那里去避一避。"

"但她在西恩富戈斯。"

"这些钱够你去西恩富戈斯的了。"

这时候每个人都竖起耳朵来了，她们渐渐逼近，围起圈圈。拿螺丝起子的男人爬下梯子来。伍尔摩看到贝翠丝在圈圈外努力地往前挤，想弄明白他在说些什么。

那个拿着螺丝起子的男人说："这女孩属于皮欧，你不能就这样把她带走，你必须先知会皮欧。"

"我不要去西恩富戈斯。"女孩说。

"你在那里比较安全。"

她转向那个男人求助。"他威胁我，我搞不懂他到底要什么。"她展示那些比索，"这些钱太多了，"她对大家说，"我是个好女孩。"

"麦子丰收不见得就是好年头。"那个胖女人严肃地说。

"你们皮欧到哪儿去了？"那男人问。

"他生病了。这个男人给我这么多钱做什么？我是个好女孩。你知道我的价钱是十五比索，我不是妓女。"

"瘦皮狗满身蚤。"那肥女人又说话了，看来她对什么情况好像都有俗语可用。

"怎么了？"贝翠丝问道。

有个声音传来："嘘，嘘！"是扫通道的黑人在通告大家，"警察！"

“哦，该死，”伍尔摩说，“完蛋了，我必须把你弄出这里。”

没有人惊慌失措。那个胖女人喝掉杯里的酒，穿上短裤，瘦女孩特蕾莎则穿上另一只丝袜。

“我不要紧，”贝翠丝说，“你得赶紧把她弄出去。”

“警察来做什么？”伍尔摩问梯上的男人。

“找女孩。”他尖刻地说。

“我要把这个女孩带出去，”伍尔摩说，“有后门可走吗？”

“当然有，有警察的地方永远有后门可走。”

“在哪里？”

“先拿五十比索来再说。”

“没问题。”

“把人给他。喂！”他对那黑人叫道，“马格，叫那些警察再等三分钟。现在谁想被他带走？”

“我选择警察局，”胖女人说，“但衣着还是要整齐。”说着便整整她的胸罩。

“跟我来。”伍尔摩对特蕾莎说。

“干吗？”

“你不明白——他们要你。”

“我不信，”拿着螺丝起子的男人说，“她太瘦了。你得快一点，五十比索可撑不了那么久。”

“来，穿上我的外套。”贝翠丝说，她把衣服披在瘦女孩的肩上，女孩身上什么都没穿，只套上了两只丝袜。女孩说：“但我要留下来。”

那男人拍了一下她的屁股，推了她一把。“你拿了他的钱，”他说，“和他走吧！”

他把他们赶进一间又脏又小的厕所，让他们爬出窗外。他们翻身出来时，发现自己已在街上。有个在戏院外站岗的警察假意地看着别处，有个皮条客吹着口哨指着伍尔摩的车。那女孩又说了：“我要留下来。”

但贝翠丝把她推进后座，自己随后坐进来。

“我要尖叫。”那女孩说着，把身体伸出车窗外。

“别傻了！”贝翠丝把她拉进来。伍尔摩发动车子。

女孩只是试探性地叫一叫，那警察转身看着另一个方向。看来五十比索的效用还真大。他们向右转，朝着海岸线开去。没有车跟踪上来，事情就这么简单解决了。那女孩一定认识到自己已没有选择的余地，便干脆理理身上的外套，舒服地往后一靠。她说：“Hay mucha corriente。[1]”

“她在说什么？”

“抱怨我开车的技术。”

“她看来蛮粗俗的，她姐姐呢？”

“和邮务督察在一起，人在西恩富戈斯。当然我得开车送她到那儿去，早餐前应该能抵达。但米莉怎么办？”

“除了米莉还有别人，你把桑兹教授给忘了。”

“桑兹教授可以再等等。”

“不管他们是谁，他们的行动似乎很快。”

1　西班牙语：交通拥挤。

"我不知道他住哪儿。"

"我知道，出门前我查过乡村俱乐部的名册。"

"你带她在家等我。"

车子驶到了海滨步道。"在这儿左转。"贝翠丝说。

"我现在先载你们回家。"

"我们还是在一块比较好。"

"米莉……"

"你不希望连累她吧？"

伍尔摩只好左转："去哪里？"

"维达度。"贝翠丝说。

3

新兴城市的摩天大楼耸立在他们眼前，好似月光下的冰柱。一个大大的"H.H."嵌在夜空里，像是霍索尼口袋上的缩写。但这并不是皇家贵族的象征，只是希尔顿的招牌。海风吹得车子摇晃起来，潮沫越过车道，模糊了靠海那边的车窗。这个潮热的夜有盐的味道。伍尔摩把车开得离海远一点。那女孩说："Hace demasiado calor。"

"她说什么？"

"她说太热了。"

"真难伺候，"贝翠丝说，"最好把窗户摇下来。"

"万一她尖叫呢？"

“我会赏她耳光。”

他们进到维达度的新小区。一栋栋有钱人家的米色洋房在眼前铺展开来。楼层愈少愈是有钱，只有百万富豪才有办法在这种本该造摩天大楼的地段盖起平房别墅。他一摇下车窗，花香便扑鼻而来。她要他把车停在一堵高高白墙的大门前。

她说：“内院有灯光，看来一切都还好。你先进去，我在外头帮你看着这个野丫头。”

“就一个教授而言，他实在太有钱了。”

“依照你要求的那些情报支出，他可不算有钱。”

伍尔摩说：“给我几分钟，别走开。”

“我看起来像要走吗？不过你动作要快一点。到目前为止，三个人之中他们才解决了一个，当然，也算是失手了。”

他试着推推铁格花门，门没锁。这情况真是尴尬，他要怎么解释他的出现？——“你是我一个不认识的情报员，你目前身陷危险，必须躲藏起来。”他甚至连桑兹教授专攻什么科目都不知道。

两棵棕榈树之间有条小径通往第二扇铁格花门，再过去便是灯光所在的内院。留声机播放着柔和的轻音乐，两个高大的人影在沉默中轻轻拥舞。当他一跛一跛地走上小径时，警铃突然刺耳地大响起来，划破原本的宁静。沉醉在舞步中的两个人影同时停下，其中一人走下小径来。

“谁？”

“桑兹教授吗？”

“是的。”

他们两人都走到有亮光的地方。教授身穿白外套，白头发，下巴还冒着些白短须，手里拿着一把左轮枪指着伍尔摩。伍尔摩看到他背后的那个女子，既年轻又漂亮。她转过身去关掉留声机。

“原谅我这么晚来拜访你。”伍尔摩说。其实他根本不知该如何表明来意才好，而且那把左轮枪也让他脊背发凉。当教授的人是不该有左轮枪的。

“我恐怕不记得你是谁。”教授彬彬有礼地说，同时继续用枪指着伍尔摩的胃。

“你没有理由记得我，除非你有个真空吸尘器。”

“真空吸尘器？我想应该有，我太太应该知道。”

年轻女子从内院走出来，光着脚丫，鞋就留在留声机旁，看起来像捕鼠器似的。

“他想干吗？”她的口气颇为不悦。

“很抱歉打扰你们，桑兹夫人。”

“告诉他我不是桑兹夫人。”年轻女子说道。

“他说是和真空吸尘器有关，”教授道，“你认为马利亚在离去前……”

“他干吗在半夜一点跑到这里来？”

“对不起，”教授语带困窘，“这个时间实在不太对，”他把左轮枪稍稍挪开，“通常这时不会有访客……”

“看来你已经有所准备。”

“噢，这把枪——小心一点总是好的，你要晓得，我可是有几幅不错的雷诺阿名画。”

“他不是来偷画的，是马利亚要他来的。你是间谍，对不对？”那年轻女子口气很强硬。

“嗯，就某方面而言是的。”

那女子开始抽抽噎噎地哭了起来，捶胸顿足，手镯脚环一阵乱响。

“别这样，亲爱的，别这样。这背后一定有什么解释。”

“她嫉妒我们的快乐，”年轻女子说，“先是叫了主教来，现在又是这个男人……你是牧师吗？”她问。

“亲爱的，他当然不是牧师，看看他的衣服就知道了。”

“亏你还是个受过高等教育的教授，”年轻女子说，“连三岁小孩都骗得过你。说，你是不是牧师？”她又重复问了一次。

“不是。”

“那你是什么人？”

“事实上，我是卖真空吸尘器的。”

“你刚才说你是个间谍。”

“嗯，是的，就某种意义而言……”

“你来这里做什么？”

“来警告你们。”

那年轻女子像母狗似的咆哮起来。“你看，”她对教授说，“她开始威胁我们了，先是主教，然后是……”

“那个主教只不过是执行他的任务，更何况他是马利亚的堂兄。”

“你怕他，你想离开我。”

“亲爱的，你知道不是这样的。”他又转身问伍尔摩，“马利亚人在哪里？”

“我不知道。”

“你上一次是什么时候见到她的？”

“我从来就没见过她。”

“你这不是自相矛盾吗？”

“他是个骗子！”年轻女子说。

“不见得，亲爱的，他也可能是中介公司派来的。我们最好静静坐下来听他讲，怒气冲冲的只会坏事。他只是在执行他的任务——”

教授领路回内院去，他把左轮枪放回口袋里。那年轻女子等伍尔摩先走再尾随而上，像只看门狗似的。他心里有股错觉，觉得她就要跳上来咬他的脚。他心想，如果我不赶快开口讲话，恐怕永远都没有机会了。

“请坐！”教授客气道。这就是所谓高等教育的风范吗？

“要喝点什么吗？”

“不用麻烦。”

“执行任务时你不喝酒？”

“任务！”那年轻女子按捺不住又说了，“你还真把他当个人看，他执行的是哪门子不要脸的任务？”

“我到这里来是要警告你，警察……”

“哦，不对，不对，通奸可不是犯罪，”教授说，“只有在十七世纪的美国才会当它是犯罪。当然啦，还有摩西的十诫。”

“这跟通不通奸没有关系，”年轻女子理直气壮，“她根本不在意我们睡在一起，她在意的是我们在一起。”

“不过在一起就免不了睡在一起，除非你想的是《新约》，”教授引经据典，“‘在心里犯奸淫’。”

“如果你不赶快把这个人撵走，你才真的是没心肠。我们光坐在这里讲话，好像是已经结婚几百年的老夫妻。如果你想要整晚坐着聊天，何不找马利亚去？”

“亲爱的，上床前先跳跳舞也是你的点子啊！”

“你那哪叫跳舞？”

“我说过我会去上课的。”

“是啊，这样才有借口和那些女学生厮混。”

伍尔摩眼看这段对话已经愈扯愈远，只能几近绝望地说：“他们射杀了工程师希夫，你也同样有生命危险。”

“如果我真要什么女孩子，学校里头太多了，她们都争先恐后地来上我的课。难怪你会想到这个，你自己就是这样送上门来的。”

“你敢这样侮辱我？”

“我们离题太远了，亲爱的。重点是马利亚接下来会采取什么行动。”

“早两年她就该不抱任何希望了，”这年轻女孩不屑地说，“我太了解你了，你只在乎肉体，以你这把年纪而言，你真该觉得羞耻。”

“如果不是你希望我爱你……”

“爱！爱！”她开始烦躁地踱起方步来，双手在空中比画，像是要把爱肢解遣散。伍尔摩忍不住说：“你们要担心的不是马利亚。”

“你这个骗子，”她对他大叫，“你还说你从没见过她。”

“真的没有。”

“那么你为什么叫她马利亚？”她大叫，开始和假想中的舞伴跳起胜利之舞。

“年轻人，你说希夫怎么了？”

“今天傍晚有人暗杀他。”

“谁？”

“我也不清楚，但那是整个事件的一部分。一时间我也不知从何说起，但桑兹教授，你的生命真的遇到了极大的危险。当然这一切其实是个错误。警方今天也到上海戏院去过。”

“上海戏院关我什么事？”

“到底是怎么回事？”年轻女子激动地大嚷。“男人，”她说，“男人！可怜的马利亚，她不只有一个女人要对付，看来她要计划一场大屠杀才够。”

“我和上海戏院从来没有任何瓜葛。”

“马利亚消息灵通得很，我想你有梦游症。”

“你也听到他说了，那根本是个误解。而且他们还射杀希夫，这个总不能怪到马利亚头上吧。”

“希夫？他是说希夫吗？啊，你这个西班牙白痴。只因为那一天他在夜总会和我讲了几句话，你就雇杀手杀他。”

“拜托你讲讲理好不好？我是刚才才听到这位先生说……”

“什么先生，他根本是个骗子。”话题兜了个圈，又绕回了原点。

“如果他真是骗子，我们就不必在意他说的话。他搞不好是在中伤马利亚。”

“哈，你倒替她辩解起来了。”

伍尔摩简直是焦头烂额，他打算再做最后一搏：“这和马利亚一点关系也没有——我是说——和桑兹夫人。”

“桑兹夫人和这件事有什么关系？”教授问。

“我以为你觉得马利亚……”

“年轻人，你该不是在告诉我，马利亚打算对付我太太和我的……我的这位朋友吧？这实在是太可笑了。”

伍尔摩恍然大悟，终于搞清楚他们在说些什么了。只因为他误扯了个线头，最后整件毛衣竟都变形了。难道这就是所谓的高等教育？

他说：“我本以为自己是一片好意来警告你，但看来死亡对你而言反倒是个解脱。”

“你真是个神秘兮兮的年轻人。”

“我不年轻了。教授，看来你才是年轻人。”他一时觉得心慌，便大声说，“要是贝翠丝在这里就好了。”

教授马上回话：“亲爱的，我向你保证，我不认识任何叫贝翠丝的人，完全不认识……”

年轻女子狂笑了起来。

“你似乎是专程来惹麻烦的。”教授终于开始埋怨了起来，但就目前来看，这埋怨还算温和，“我实在想不通这么做对你有什么好处。”他说着便走进屋子里去，随手把门关上。

“他是个怪胎，”女孩说，“性欲很强的怪胎，不折不扣的色情狂。”

“你不了解……”

“我知道那句话——了解就能够谅解。但它并不适用于今天晚上。”她对伍尔摩的敌意似已烟消云散，“马利亚、我、贝翠丝——我没把他老婆算在内，那可怜的女人。其实我并不恨他太太。你有枪吗？”

“当然没有，我来这里是为了拯救他。”伍尔摩说。

“让他们动手吧，”年轻女子说，“对准他的肚子——或再低一点。”撂下这句话后，她毅然地进屋子里去了。

伍尔摩只好也走了。当他走向铁门时，看不见的警铃又大响起来，但小白屋里的人毫无动静。伍尔摩心想，我已经尽我所能了，而且教授似乎也准备好面对任何可能的危险。或许警方反而是他的救星，他们至少比那个女人容易应付吧。

4

走在满是花香的草坪上，他心里只有一个愿望：对贝翠丝和盘托出实情。我不是情报员，我是个骗子，这些人都不是我的情报员，我对目前的情况一无所知，我困惑，我害怕。她一定能接手掌控整个情况，毕竟她才是专家。但他知道找她帮忙是行不通的，那无异于拿米莉的未来开玩笑。他宁可像罗文一样被歼灭。他们应该会颁给殉职者子女一笔抚恤金吧？但罗文又是谁呢？

就在他抵达第二扇门前时，他听到贝翠丝在唤着他：“吉姆，小心，快跑。”

即使在那个紧急的当儿，他还是想起自己的名字是伍尔摩、伍尔摩先生、夫摩尔先生，从没有人叫过他吉姆。然后他开始使劲地跑——一边冲一边跳地跑向那个声音，跑到街上，跑向一辆无线电车以及三个警察，然后又出现一把左轮枪指着他的胃部。贝翠丝站在路边，身旁站着那个瘦女孩，她的双手忙着拢紧贝翠丝那件根本拢不紧的外套。

“怎么回事？”

“他们说的话我一个字也听不懂。”其中一个警员要他进警车里去。

“我自己的车怎么办？”

“我们会把它开到警局去。”

在他还来不及遵命时，他们就把他推进车子里。他对贝翠丝说：“我搞不懂这到底是怎么回事，只知道前途堪忧。”警员又开口了。伍尔摩说：“他要你也上车。”

“告诉他，”贝翠丝说，“我要和特蕾莎的妹妹在一起，我不信任他们。”

两辆车在百万富翁的洋房丛中蜿蜒慢行，好像是走在医院的街道上，小心翼翼地避免惊扰任何人。有钱人家需要睡眠。路程不远，他们不久便进入一个深宅大院，大门在他们后头关上，然后便是警局里那种动物园似的氨酸味。在那刷白的通道上悬挂着通缉犯的照片，旁边还伴着表情虚假的历任大胡子局长。通道尽头的房间里坐着塞古拉大队长，他正在下西洋棋。

“吃了。”他说，随手取下两个棋子，然后他抬头看到他们，“伍尔摩先生！”

他的语气充满惊讶之情，而当他看到贝翠丝时，却像条小青蛇似的谄媚地连忙站起来。他越过她看着特蕾莎，她的外套又往外松开来，半是有意半是无意。他说："怎么搞的，这……"然后对着和他下棋的那个警察说，"下回再玩吧！"

"这到底是怎么回事，塞古拉大队长？"

"你在问我吗，伍尔摩先生？"

"是啊！"

"我倒要问问你这是怎么回事，我一点也没想到会是你——米莉的父亲，伍尔摩先生。我们接到桑兹教授打来的电话，说是有个人闯入他家里，含糊不清地说了些威胁的话。他认为这位不速之客是觊觎他的那些名画。我马上派了辆警车过去，哪知道竟然把你给逮回来了，身旁还带了这位小姐——我们见过面，还有那个光溜溜的婊子。"一如之前在圣地亚哥的那个警官，他加了一句，"这样不太好，伍尔摩先生。"

"我们到过上海戏院。"

"那也很不好。"

"我实在厌倦了听警察说我很不好。"

"你为什么去找桑兹教授？"

"那全是误会。"

"这个裸女又是怎么回事？"

"她搭我们便车。"

"她不该在街上穿得这么裸露。"有位警察倾过身来附在塞古拉大队长身旁耳语。

"哈，"塞古拉大队长说，"我懂了，今天晚上警方临检上海戏院，我想这位小姐一定忘了带证件，所以趁机逃跑，以免牢狱之灾。她求你……”

“事情完全不是你所想的那样。”

“最好是这样，伍尔摩先生。”他用西班牙语对那女孩说，“你的证件呢？你根本没有证件，对不对？”

她高傲地说：“Si, yo tengo。[1]”她弯下腰来，从丝袜上方松紧带处取出皱巴巴的文件来。塞古拉大队长拿过来仔细检查。他深深地叹了口气。“伍尔摩先生，伍尔摩先生，她的证件没有问题。你为什么载了个裸女到处跑？你为什么闯入桑兹教授家里，说了些关于他太太的事，而且还威胁他？他太太和你是什么关系？”他转身对那女孩纵声一喝：“还不赶快走！”

她迟疑了一下，动手要脱外套。

“外套就让她留着吧。”贝翠丝说。

塞古拉大队长疲倦地在棋盘前坐下来：“伍尔摩先生，为了你好我才告诉你：千万不要跟桑兹教授的老婆瞎混，你惹不起那种女人。”

“我没有跟她瞎混……”

“你下棋吗，伍尔摩先生？”

“是的，但下得并不好。”

“至少比局里的这些猪好吧？我们两个一定要找个时间下盘棋，就你和我。下棋时你一定要十分谨慎，就像对桑兹教授的老婆一样。”他随手在棋盘上把玩棋子，“你今晚和海斯巴契医生碰过面？”

1 西班牙语：我有。

“是的。”

“这样做聪明吗，伍尔摩先生？”他还是低着头在棋盘上摆弄棋子，自己跟自己玩。

“聪明？”

“海斯巴契医生的交友状况有些不寻常。”

“我并不晓得。”

“你为什么从圣地亚哥寄明信片给他，上头还标注你房间的位置？”

“这种鸡毛蒜皮的小事你知道得还真不少，塞古拉大队长。”

“我有理由对你特别感兴趣，伍尔摩先生。我不希望见到你卷入是非。海斯巴契医生今晚告诉你了些什么？你应该知道，他的电话被录下来了。”

“他只是放《崔思坦》的唱片给我们听。”

“应该还有谈到这个吧？”塞古拉大队长将他桌上的一张照片翻过来——一张快照里，几张特征类似的雪白脸孔瞪视着前方，围绕在一团砸烂的金属旁，那团金属本来应该是辆车。“还有这个？”一张年轻而果敢的脸呈现在闪光灯的焦点上，一个空的香烟盒皱缩成一团，犹如他已凋零的生命。有个男人的脚踢在他的肩膀上。

“你认识他吗？”

“不认识。”

塞古拉大队长按下一个键，有个讲英语的声音从他桌上的盒子里传出来。

“哈啰，哈啰，这是海斯巴契。”

“有人和你在一起吗？海——海斯巴契。”

“是啊，几个朋友。”

“什么样的朋友？”

“如果你一定要问的话，是伍尔摩先生在这里。”

“告诉他罗文死了。”

“死了？但他们答应我……”

“你永远无法控制意外，海——海斯巴契。”对方在发气音时有点口吃。

“他们一再保证……”

“车子连翻太多圈了。”

“他们说只给个警告。”

“那是个警告没错啊，去告诉他罗文死了。”录音带的嘶嘶声持续了一会儿，然后有个关门的声音。

“你还敢说你不知道罗文吗？”塞古拉问。

伍尔摩看着贝翠丝，她轻轻地摇了摇头。伍尔摩说：“我以我的人格保证，塞古拉，在今晚之前，我甚至不知道有这个人存在。”

塞古拉又移动了一个棋子：“人格保证？”

“人格保证。”

“你是米莉的父亲，我不得不接受，但请离裸妓和教授的老婆远一点。晚安，伍尔摩先生。”

“晚安。”

他们走到门口时塞古拉又说了一句：“还有我们那一盘棋，伍尔摩先生，别忘了。”

伍尔摩的老爷车等在街头。他说：“你回去陪米莉吧。”

“你不回家吗？”

“太晚了，已经过了睡觉的时间。”

“你要去哪里，我不能跟你去吗？”

“我要你陪着米莉，以防不测。你看到那张照片了吗？”

“看到了。”

一路上两人都未再交谈。直到回到拉帕瑞拉街，贝翠丝才开口说话：“真希望你没有说出以人格保证那种话，没必要把话说得那么重。”

“没必要吗？”

“噢，那是种专业的做法，我懂。很抱歉，我太笨了，你远比我原先以为的还要专业。”

他为她开了店门，目送她走进去。她走在真空吸尘器之间，就像个走在墓园里的送葬者。

第二章

到了海斯巴契医生的公寓前，他按了二楼一户亮灯人家的门铃，一阵嗡嗡作响后门开了。他搭乘电梯上到海斯巴契医生家那一层。海斯巴契当然还没睡。灯光从门板下的缝隙流泻而出。他单独一人吗？还是和录音带中的那个人在商谈些什么？

他开始学习那虚拟世界中的伎俩与谨慎。他爬上一扇长气窗，匍匐前行到一个废弃的窄阳台上，看见医生的屋子内有盏灯亮着。这个阳台跟海斯巴契家的阳台只有一步之遥。他跨过去的时候没往下看。海斯巴契家的窗帘没完全拉上，他透过帘缝向内窥视。

海斯巴契医生面向他坐着，头戴尖顶钢盔，身穿护甲、长靴，戴着白手套，那一身正是古老的普鲁士骑兵装扮。他的双眼紧闭，看来是睡着了。他腰上还佩着一把剑，活像电影制片厂里的临时演员。伍尔摩敲敲窗户，海斯巴契医生张开了眼，直愣愣地看着他。

“海斯巴契。”

海斯巴契医生小小地移动了一下，看来很痛苦。他想要脱下钢盔却不成，因为忘了解帽带。

“是我，伍尔摩。”

医生勉为其难地走向窗口，他的马裤绷得好紧，显然那是给某个人年轻时穿的。

“伍尔摩先生，你在那里做什么？”

“你呢，你在做什么，海斯巴契？”

医生打开窗户让伍尔摩进来，原来那是海斯巴契的卧室，房间里有个大橱柜，橱门开着，里头挂了两套白衣服，像是一张老人嘴里仅剩的两颗牙。海斯巴契开始脱下他的手套。

“海斯巴契，你是不是刚从化装舞会回来？”

海斯巴契医生羞惭地说：“你不会懂的。”

他开始一件件卸下身上的行头——先是手套，然后是钢盔，还有护甲。伍尔摩和房间里的家具映在护甲上的倒影，就像在照哈哈镜一样扭曲变形。

“你为什么又跑了回来？怎么不按门铃？”

“我要知道罗文是谁。”

“你知道他是谁。”

“我真的不知道。”

海斯巴契坐下来使劲地脱靴子。

“海斯巴契医生，你是兰姆的仰慕者吗？”

“那是米莉借给我的，你忘了那天晚上她提起过这本书吗？”他神情落寞地坐着，臀部鼓胀，伍尔摩看见裤子的缝线已经被撑开了。是的，他想起了在热带花园酒店的那个晚上。

“我猜想，”海斯巴契医生说，“你一定很想知道我为什么穿这套制服。”

“我想知道的事可多呢！”

“我曾经加入德军骑兵团，嗯，四十五年前的事了。”

“我记得在另一个房间里有张你的照片，但上头的装扮不太一样，而且看起来比较——实际些。”

“那是在战争爆发后拍的。穿衣镜那里还有张照片，是一九一三年六月演习时拍摄的，当时德皇正在阅兵。”

泛黄的照片右下角有摄影师的印章，照片上一排排的骑兵拔剑出鞘，另外有个单手残废的矮小皇室成员骑着白马而过。海斯巴契医生说：“那段日子是多么祥和啊。”

“祥和？”

“是的，一直到战争来临前。”

“但我以为你是个医生。”

“那是战争结束后的事了。战争时我杀过一个人——杀人真是易如反掌，”海斯巴契医生说，“杀人不需要什么技巧，判断自己是不是杀了人更是容易。但要救人——那需要六年以上的训练，而且末了你还不见得能确定是自己救了他，还是细菌自相残杀的结果，总之他们就是活下来了。我从来就无法肯定我救了哪个病人，但我却能确定我杀了哪个人。他是俄罗斯人，而且骨瘦如柴。当我把刀插进去时，还刮擦到了他的骨头，紧张得我牙齿直打战。那个地方除了沼泽，什么也没有，他们叫它坦能堡[1]。我

1　第一次世界大战时德军于该地大败俄军，史称坦能堡战役。

恨战争，伍尔摩先生。”

“那么，你为什么还要把自己装扮得像个军人？”

“这并不是我杀人时的装扮。我爱这身装扮，它代表祥和的岁月。”他触摸着放在床边的护甲。“但这上面有我们行军时所沾到的污泥，”他说，“难道你从来没有那种回到过去的渴望吗？噢，当然不，你还年轻，你还无法体会这种思慕的感觉。对我而言，这装扮代表心灵中最后的净土。只是裤管却怎么样都不合身了。”

“是什么原因让你今天晚上……想要把它穿起来呢？”

“某人的死亡。”

“罗文？”

“是的。”

“你认识他吗？”

“是的。”

“告诉我关于他的事。”

“我不想谈。”

“最好谈一谈。”

“我们两人都必须为他的死负责，你跟我，”海斯巴契说，“我不知道是谁引你入瓮，或是怎么设计你的，但是我的情况是，如果我拒绝和他们合作，他们就要把我驱逐出境。我除了古巴之外还有哪里能去呢？我告诉过你我的文件被偷了。”

“什么文件？”

“那不重要，每个人都有过去的包袱。我现在知道他们为什么要闯进我的屋子了，因为我是你的朋友。请你走吧，伍尔摩先生，天晓得如果他们知道你来过这儿，他们还会要求我做些什么。”

“他们到底是谁？”

“你应该比我清楚。他们从来不做自我介绍的。”隔壁房间传来快速移步的声音，“只是只老鼠，伍尔摩先生。我每个晚上都放块奶酪喂它。”

“所以是米莉把兰姆借给你的。”

“我很高兴你换了密码，”海斯巴契医生说，“或许他们会因此放过我，因为我再也不能帮上忙了。人总是愈陷愈深，一开始可能只是对谜语感兴趣，接下来是字谜，然后是数学难题，然后在不知不觉中，你竟然已经受雇于……这年头连对自己的嗜好都得小心。”

“但是罗文这个人并不是真实的啊。建议我说谎的人是你，我也照做了。这一切都是我凭空捏造的啊！海斯巴契。”

“那希夫呢？难道你要告诉我说，他也是你捏造出来的？”

“他不同，罗文真的是捏造的。”

“那你真是捏造得太成功了，伍尔摩先生。现在他们已经有个完整而真实的罗文档案。”

“他不过像个小说中的人物。”

“小说人物就全都是虚构的吗？我不知道小说家都是怎么写小说的，我只认识你这个小说家。”

“古巴航空并没有一个酗酒的飞行员。”

“这个我同意，那个细节一定是你创造的，尽管我不知道原因。”

“你对这个城市了如指掌，如果你真破解了我的密码，你应该看得出里面没有一件事是真实的。说有个飞行员因酗酒被航空公司解雇，说某位朋友拥有一架飞机，这些全是捏造的！”

“我不了解你的动机，伍尔摩先生。或许你想隐藏他的身份以防密码遭到破解，或许你担心你在伦敦的朋友若知道他这么有钱，甚至还有私人飞机，就不愿意付这么多钱。我怀疑有多少钱真的进了他的口袋，又有多少钱是进了你的口袋？”

“我不懂你在说些什么。”

“报纸上说得一清二楚，伍尔摩先生。他的飞行执照在一个月前被吊销了，原因是酒后飞行，还降落在一个儿童乐园里。”

“我从不看当地报纸。”

“从不？他当然否认为你工作。他们给了他一大笔钱，要他投靠他们。他们也要那些照片，就是你在奥伦特山区发现的那些军事基地。”

“根本没有什么军事基地。”

“别以为我会每件事都相信你，伍尔摩先生。你发给伦敦方面的一封电报里提起拍照片的计划。他们也想要照片。”

“你一定知道他们是谁吧？”

“想想看谁会获益呢？”

“他们打算怎么对付我？”

“一开始他们答应我不会对你不利，因为你很有用处。其实他们打从一开始就知道你，只是并没有把你当一回事，甚至认为你会捏造报告，伍尔摩先生。哪知道后来你把密码改了，人员也扩充了。英国的情报系统也没那么好骗，不是吗？”对霍索尼一丝模糊的忠诚让伍尔摩保持沉默。“伍尔摩先生啊，伍尔摩先生，你是为了什么才这么做的？”

“你知道为什么，我需要钱。”他觉得说实话就像吃镇静剂一样让他觉得轻松。

“我可以借你钱的。我试过要帮助你。”

“我需要的钱你帮不起。”

“为了米莉吗？”

“是的。”

“你要小心照顾她，伍尔摩先生。在这个行业里，‘爱’是危险的，他们会攻击你所爱的人、所爱的事。你还记得我的实验室吗？”

“记得。”

“如果他们不是摧毁了我生存的意志，他们不可能这么轻易说服我。”

“你认为他们真的……”

“我只是要你小心点。”

“可以借你的电话吗？”

“可以。”

伍尔摩打电话回家。那轻微的“喀啦”录音声只是他的幻觉吗？贝翠丝接的电话。他说：“一切都还好吗？”

“都好。”

“等我回去。米莉呢？”

“很快就睡着了。”

“我马上就回去。”

海斯巴契医生说：“你不该在声音里泄露你的爱。谁晓得谁在监听？”他走向门口，过紧的马裤让他举步维艰，“晚安，伍尔摩先生，兰姆还给你。”

“我用不上了。”

“米莉可能有需要。能不能请你不要把这……这服装的事告诉任何人？我知道自己很可笑，但我真的十分怀念那段日子。德皇还曾经跟我说过话。”

“他说什么？”

“他说：‘我记得你，你是米勒上校。’”

伦敦现场

主席经常在家里亲自下厨宴请宾客，因为整个伦敦找不到任何餐厅能够满足他那吹毛求疵又讲求浪漫的高标准。据说有一回他卧病在床，仍不愿取消对一个老朋友的邀宴，结果他就坐在床上用电话指挥厨师。他的床头柜摆了个钟，时间一到他便中止与老友的聊天，一通电话打到厨房去："哈啰，布尔，该把鸡拿出来去冰了。"

还听说有一回在家宴客时，他在办公室有事耽搁了，但他也想从那里指挥家里的厨师准备晚宴，只是这次却失败了。因为他习惯性地用了备有扰频器的红色电话机，结果接电话的用人只听到一连串讲得飞快而陌生的日语。

他亲手为外交部常务次长烹调的这顿晚宴简直是完美之作。蒜味烤肉香味四溢，温斯利代干酪摆在餐具柜上，沉静的狗儿阿布尔尼像堆白雪躺在他们的脚边。在厨房里奋战一番后，主席本人闻起来都带点微微的肉香味。

“太棒了，太棒了。”

“这是地道的诺福克家乡菜，布朗老奶奶的伊普斯维奇烤肉。”

“这肉……简直就是入口即化……”

“我训练布尔去做采购的工作，但是烹调方面他就不行了，大场面还是得由我亲自出马。”

他们在沉默中大快朵颐，女人的高跟鞋是唯一的噪声。

“好酒！”常务次长终于舍得开口了。

“五五年份的酒越来越顺口了。会不会还是不够陈年？”

“还好。”

吃了口奶酪，主席又开口了：“对于那份俄罗斯报告——外交部怎么想？”

“里头提到了加勒比海的基地，让我们有点伤脑筋。”一阵脆饼的声音，“他们根本猜不到是巴哈马群岛。老美为此付钱给我们是很划算的，我们可以派几艘旧驱逐舰过去。另外，我们一直认为古巴的那些军事基地是共产组织搞的鬼，总不会是美国人建的吧？”

“是的话他们应该会通知我们。”

“恐怕不见得，因为有福克斯案[1]的关系。美国方面也觉得我们瞒了他们不少事。你在哈瓦那的那个人怎么说？”

“我会要他做个通盘的分析。干酪的味道如何？”

“棒透了。”

1　克劳斯·福克斯（Klaus Fuchs，1911—1988），物理学家、间谍，因向苏联提供美、英的原子研究机密情报而被捕并被判有罪。

“喝杯红葡萄酒吧！”

“科伯恩三五年份的吗？”

“二七的。”

“你也认为他们真的想发动战争吗？”主席问。

“我的想法和你不谋而合。”

“他们在古巴非常活跃，警方的协助尤其如虎添翼。我们在哈瓦那的人恐怕有一场硬仗要打。他们杀了他最好的情报员——如你所知，他正要出发去拍军事基地的照片时，却意外身亡——这是我们的一大损失。但为了取得照片，牺牲再大我们亦在所不惜。他们意图射杀另一个情报员，把他吓得屁滚尿流。另一个情报员躲了起来。还有那个女情报员，虽然是邮政督察的情妇，还是给逮去侦讯了。目前为止，他们尚未对我们这名主将动手，或许是想拿他当饵。不过我们的人可狡黠得很。”

“但折损这么多手下，他是不是不够谨慎？”

“伤亡本是意料中的事。他们破解了他的书码，我向来就不喜欢书码。他们有个德国人是解码高手。霍索尼警告过我们的人，但你也知道那种老式生意人的脾气，他们对朋友忠贞不贰，简直顽固得很。如果发生一些伤亡能够让他从此认清真相，这倒也是值得。要雪茄吗？”

“谢谢！但他还能够东山再起吗？”

“他有个直捣黄龙的锦囊妙计。他在警局总部收编了个双面间谍。”

“但双面间谍总是有点——不牢靠吧？你永远不知道自己得到的是肥的那半还是瘦的那半。”

“我相信我们的人每次都能吃定他，”主席说，“我用‘吃定’这个词，是因为他们俩都下西洋棋，事实上那正是他们彼此进行接触的幌子。”

“我们真为军事基地的事感到忧心，主席。你一定要在他们杀了他之前拿到照片。P.M.催我们将此事通知美国佬，并请求协助。”

“千万使不得。他们的安全系统最靠不住了。”

第五部

第一章

“吃了！”塞古拉大队长大喝一声。

他们约在哈瓦那俱乐部碰面。哈瓦那俱乐部其实根本不是俱乐部，它是百家得酒业公司的竞争对手所经营的酒馆。在那儿朗姆酒是免费供应的，这么一来酒钱便可饱入伍尔摩私囊。因为酒钱是可报账的，而向伦敦方面解说朗姆酒免费这种芝麻绿豆大的事，又未免太多余。这酒馆位于一栋十七世纪建筑的一楼，窗口面对着哥伦布曾经寄宿的大教堂。一座哥伦布的青灰石像立在教堂前，看起来仿佛是在水中浸泡了百年。它遍身的坑洞斑驳，很像遭虫侵蚀的珊瑚礁。

“知道吗？”塞古拉大队长说，“有一度我还以为你不喜欢我。”

“和一个人下棋也不见得表示你喜欢他。”

“没错，我也一样，”塞古拉大队长说，“看，逮住国王了！”

“可是我吃的子多你三倍。”

“你以为我没注意到吗？其实那都是陷阱，我故意放水让你吃我的子，现在我要吃掉你唯一的国王。两星期前你为什么要到圣地亚哥、圣克拉拉和西恩富戈斯去？”

“每年这个时节我都会去拜访经销商。”

“表面上看来是如此。你在西恩富戈斯住进了一家新旅馆，你在港口附近一家餐厅独自用餐，之后去看了场电影，然后回家。隔天早上……”

“你当真以为我是个情报员？”

“我开始怀疑你根本不是了，我想我们那些朋友搞错了。”

“我们那些朋友指的是谁？”

“嗯，或许该说是海斯巴契医生的朋友。”

“他们是谁？”

“我在哈瓦那的职责是掌握状况，了解各路人马在玩啥把戏。”塞古拉漫不经心地玩着棋子，“而不是向谁靠拢或提供消息。”他在棋盘上随意移动自己的国王。

“古巴发生了什么大不了的事，值得惊动情报单位？”

“当然我们是个不起眼的小国家，但我们非常靠近美国海岸，而且正对着你们的牙买加基地。如果一个国家四面被不友善的邻国给团团围住，就像俄罗斯那样，它一定会设法凿个洞突破重围。”

“那我和海斯巴契医生在这场国际竞赛中又有何作用呢？一个是卖吸尘器的商人，一个是退休的老医生。”

“在每场游戏里总有些不重要的部分，”塞古拉大队长说，

“以这个棋子为例，我吃下它，你却不以为意。当然了，海斯巴契医生真的是个填字谜高手。”

“填字谜和这个有什么关系？”

“那样的人会是个解密码的人才。嗯，曾有人拿你的电报和解释结果给我看——应该说他们是故意让我发现的。或许他们以为我会遣送你出境。”他大笑起来，“遣送米莉的父亲？他们知道的事太少了。”

“这到底是怎么回事？”

“你跟伦敦说你聘用了工程师希夫，这当然是不可能的，我跟他熟得很。或许他们射杀他是为了让那封电报更具说服力，或许他们写那封电报是为了除掉你，也或许，他们比我还好骗吧。”

“好一个扣人心弦的故事，”他移动了一个棋子，“你为什么这么确定希夫不是我的情报员？”

“从你下棋的方式，伍尔摩先生。而且我审问过希夫。”

“你对他用刑了吗？”

塞古拉大队长笑了起来：“不，怎么可能。他又不属于可折磨的阶级。”

“我不晓得折磨还有阶级之分。”

“亲爱的伍尔摩先生，你应该明白，有些人生来就习惯受折磨，有些人却对这种事深恶痛绝。除非双方达成某种共识，否则我是绝不会折磨任何人的。”

“折磨有精神与肉体之分。他们闯入海斯巴契医生的实验室，那也是种折磨吧……”

“业余人士总是不按道理出牌。警察就不会那么做，海斯巴契医生并不属于可折磨阶级。”

“谁又属于呢？”

“我们国家中的穷人，还有拉丁美洲的穷人、中欧和东方的穷人。当然啰，像英国那么幸福的国土上是没有穷人的，所以你不属于可折磨阶级。在古巴，警察可以对拉丁美洲和波罗的海诸国的移民肆意凌虐，但对于来自贵国和斯堪的纳维亚半岛的访客则不能如此。这种区分是一种直觉，天主教徒就比基督徒更可以折磨，好像他们比较罪恶似的。你看，我盯住你的国王了，现在我要做最后终结了。”

“你总是赢家，对不对？你刚才那套理论很有意思。”

“西方人痛恨共产主义国家的一个原因，是他们不承认阶级差异。有时候他们还找错人折磨，希特勒就是如此，结果搞得全世界惊吓不已。没有人在乎我们这里的监狱里出了什么事，也不管里斯本或加拉加斯[1]的监狱又如何，但是希特勒这票人太乱来了，他的行为对你们国家而言，就有如司机跟贵妇人同床。”

“现在那已经不是什么耸人听闻的大事了。”

“惊人的事改变了，这才危险呢！”

他们各自又喝了一杯鸡尾酒，冰得他们浑身起鸡皮疙瘩，以至于得小口小口喝。

“米莉好吗？”塞古拉大队长问。

“很好。”

“我很喜欢那孩子，很有教养。”

1　委内瑞拉首都。

"很高兴听你这么讲。"

"这是我不希望你陷入麻烦的另一个原因。我不希望你失去居留权。没有了米莉，哈瓦那将黯然失色。"

"我不奢望你相信我，但希夫真的不是我的情报员。"

"我打心底相信你。我想有人可能拿你当烟幕弹，或者想拿你当诱饵，好比用一只彩绘假鸭去诱出正牌野鸭。"他一饮而尽，"这正合我意，我倒想见识见识那些从俄罗斯、美国、英国甚至从德国来的野鸭。他们向来瞧不起我们这些本地的射击手，但总有一天会让我等到他们，到时我就要来个一网打尽。"

"世界太复杂了，我觉得还是卖吸尘器轻松些。"

"生意还兴隆吧？"

"嗯，很好。"

"你店里的人员扩充了，这我很感兴趣。那个拿着虹吸管的迷人女秘书——我还记得她那件拢不起来的外套。那个年轻人也是。"

"我需要有人来管理账目，罗伯兹不可靠。"

"哈，罗伯兹，你的另一个情报员。"塞古拉纵声一笑，"至少我的报告上是这么说的。"

"是的，他提供我警察局方面的秘密情报。"

"小心点，伍尔摩先生，他也是可折磨阶级噢。"

他们大笑起来，彼此敬酒。在这么晴朗的日子里，嘲笑"折磨"的概念是多么容易啊。

"我得走了，伍尔摩先生。"

"我想监牢里已挤满了我的间谍。"

“要腾出空间来太容易了，只要杀几个死刑犯就行了。”

“大队长，什么时候再下盘棋吧！总有一天我要你成为我的手下败将。”

“会有这么一天吗，伍尔摩先生？”

从窗口望出去，他看到塞古拉大队长从灰色的哥伦布雕像前走过，回警察局去。他又喝了杯免费的酒。哈瓦那俱乐部和塞古拉大队长，似乎已取代了惊奇酒吧和海斯巴契医生——生命变幻无常，而他只能顺势而为。生命是永远回不了头的。他和海斯巴契自上回分别后未再见面。海斯巴契在他面前失了态，而友谊是承担不起丢失尊严的。在俱乐部里——在惊奇酒吧也一样——他觉得自己是哈瓦那的一分子。那个送了一杯酒给他的优雅年轻人，无意向他推销桌上的任何一瓶甜酒。那个留灰胡须的中年人，一如往常在这个时刻看他的日报。那位邮差照旧在例行途中进来喝杯免费的酒。他们通通都是哈瓦那的公民。而那四个带着织篮和甜酒离去的游客，他们酒酣耳热、笑声朗朗，错以为他们的酒值不了多少钱。伍尔摩想，他们是外国人，当然也是不可折磨的。

伍尔摩酒喝得太快，走出哈瓦那俱乐部时眼睛都痛了起来。观光客俯身观看那座十七世纪的喷泉池，丢进足够喝上两回酒的一堆硬币，期望有个快乐的回报。突然他听到有个女人叫他，原来是贝翠丝。她正站在堆着葫芦、玩具和黑人娃娃的商店廊柱间。

“你在那儿做什么？”

她解释道：“我不喜欢看到你和塞古拉在一起，这回我一定要确定……”

“确定什么？”他心想，贝翠丝是不是终于开始怀疑他手下根本没有情报员。或许她已接获伦敦方面或是金斯敦59200的指示要监视他。

他们往家里走去。

“确定那不是个陷阱，确认警方没有等着要抓你。双面间谍总是不牢靠。”

“你太过操心了。”

“谁叫你经验不足。想想看罗文和希夫的事。”

“警方侦讯过希夫。”他松了口气地补充说明，“他曝光了，我们现在不能再用他了。”

“那你岂不也曝光了？”

“他嘴巴紧得很，而且侦讯他的是塞古拉大队长，塞古拉是我们的人。我想我们也该给他一点奖金了，他打算帮我们搜集一份在这里活动的外国情报员名单——美国的和苏联的，他叫他们是野鸭。”

“那势必是致命的一击！那些军事基地呢？”

“那件事得暂缓一阵子，我总不能要他背叛自己的国家吧。”

经过天主教堂的时候，他一如平常地丢一枚铜板给坐在阶梯上的那位瞎眼乞丐。贝翠丝说：“瞎子在这种人多的地方倒也混得开。”

伍尔摩血液里的创造力又跃跃欲试。他说：“你知道吗，其实他并不是真的瞎子，他看得到眼前的每一件事。”

“那他一定是个演戏高手，你和塞古拉在酒馆里的时候，我观察了他好一阵子。”

“他也在观察你咧。事实上，他是我最好的线人之一，每次我和塞古拉会面的时候，都请他帮我们把风。这是基本的防范动作，其实我并不是你所想的那么粗心。”

“你从来没向总部提起过这个人。”

“没有必要吧。一来他们根本追查不到瞎眼乞丐的行踪，二来我并未雇用他搜集情报。只是我一旦遭到逮捕，十分钟内你就会知道。言归正传，到目前为止，你采取了哪些行动？”

“烧毁所有的记录，再把米莉送到大使馆去。”

“鲁迪呢？”

“我要他发电报给伦敦，通知他们我们要转入地下避避风头。”

“怎么转入地下？”他随口问问就打住了，又开始缓缓叙述刚才的故事，好像那故事有了自己的生命似的，“那乞丐的名字叫麦格，他这么做都是出于感恩。我救过他一命。”

“怎么回事？”

“说来微不足道。有一次发生翻船事件，他不会游泳，而我正好会。”

“他们颁了奖牌给你吗？”

他疑心地瞄了她一眼，但她脸上只是一派天真：“嗯，那没什么大不了。事实上我还被罚款，因为我把他救到一个警戒区的沙滩上。”

“真是令人感动，难怪他愿意为你卖命。”

“哎，没那么伟大啦！”

“告诉我，你是不是有一本一便士买来的黑皮软革账簿。”

“没有。为什么问这个？”

“上头记载着你的第一笔生意——印第安橡胶、钢制笔尖？”

“为什么是钢制笔尖？”

“我只是随口问问而已。”

“一便士是买不到账簿的，而且你说的那种笔尖，早就没有人在用了。”

“算了，那是亨利跟我说的，一个想当然的错误。”

“谁是亨利？”他问道。

“59200。”她说。

他心里很不是滋味，因为她只叫过他一次吉姆，而且那还是基于安全守则。

当他们回到家的时候，屋子里一如往常空空荡荡的。他知道自己不再挂念米莉，却也感受到一股悲伤的解脱——因为了悟到有某份情爱至少不会再伤害他了。

“鲁迪出去了，”贝翠丝说，“我猜他去买甜食了。他实在吃太多了，但他一定消耗了大量精力，因为他根本没变胖。真搞不懂为什么。”

“我们最好开始工作了，有个电报要发。塞古拉提供了一些宝贵的情报，关于共产组织在警方内部的渗透，令人难以置信的是……”

“还会有什么令人难以置信的？你看看，我刚才发现书码里有些蛮好玩的东西。你知道有所谓的阉人吗？你想这个词会常用在电报上吗？”

“可能伊斯坦堡的分部用得着。”

“希望我们用得到，可以用吗？”

“你有可能再婚吗？”

贝翠丝说：“有时候你的联想实在太夸张了。你是不是觉得鲁迪有份秘密恋情？不然在办公室里头不可能耗去那么多能量。”

“训练手册上对于感情生活有何指示？在你建立一段感情之前，需要申请伦敦方面的批准吗？”

“这是当然，他们必须掌握状况，以免事情失控。伦敦方面希望性关系只限于同事之间。”

第二章

1

“看来我是愈来愈重要了，”伍尔摩喜形于色地说道，“我竟受邀上台演讲。”

“在哪里演讲？”米莉礼貌性地从《女骑士年鉴》上抬起头来看着他。现在是工作结束后的傍晚时分，最后一道金黄色的暮光横洒在屋顶上，也轻抚了那头蜜色的发丝和他杯中的威士忌。

“在欧洲贸易协会的年度午宴上。理事长布劳恩博士请我去做个演讲——以元老会员的资格。贵宾是美国总领事。”他一副与有荣焉的口气。仿佛是不久之前他才只身到哈瓦那来，在佛迪达酒吧认识了米莉的母亲和她的家人，怎么一转眼间，他倒成了最资深的商人。许多人退休了，有些则是返国从军，参与第二次世界大战——英、德、法——他却因跛脚被拒之门外，而那些返国的人再也没回过古巴。

“你要讲些什么？”

他有点悲哀地说：“我不会去的，我不知道该讲些什么。”

“我打赌你一定讲得比其他人都好。”

“不，不，我虽是最资深的一个，但绝不是最聪明的一个。那些卖烟卖酒的，他们才是真正的重要人物。”

“你就是你，没有人可以取代。”

“我真希望你能有机会挑个聪明的父亲。”

“塞古拉大队长说你棋下得很棒。”

“但没他好。”

“拜托，答应吧，老爸，”她说，“我会以你为荣的。”

“我怕会出洋相。”

“你不会的，为了我，你不会的。”

“为了你，要我横翻跟头都可以。好吧，我试试看。”

鲁迪敲了敲门。上一回他也是这个时候接收电报，伦敦此刻应该是午夜时分。他说：“有份来自金斯敦的紧急电报，是不是要拿给贝翠丝？”

“不用，我来处理就行了。她去看电影了。”

“生意好像很不错。”米莉说。

“是不错。”

“但你并没有卖掉任何吸尘器啊！”

“这是个长期的促销活动。”伍尔摩说。

他回房间去解码。电报来自霍索尼，要他尽快搭下一班飞机赶到金斯敦做报告。伍尔摩心想，他们终于知道了。

2

聚会地点在美特尔银行酒店。伍尔摩已多年未到牙买加来，一时为它的脏乱与暑热大感惊讶。是什么原因造成英国殖民地这幅日暮途穷的景象？西班牙、法国和葡萄牙都在建设他们的殖民地，而英国却任其自生自灭。哈瓦那最贫穷的街巷，都还胜过金斯敦，那些因陋就简的小房子——都是用老旧的汽油罐盖起来的，当作屋顶用的铁片则是从废弃车厂那里偷来的。

霍索尼坐在旅馆阳台的长椅上，正用吸管喝着农家自制的果酒。他的服装还是像第一次见面时那么一尘不染。左耳下的一小片粉块，是酷暑在他身上留下的唯一记号。他说："坐吧。"讲话还是那个调调。

"谢谢。"

"旅途愉快吗？"

"是的，谢谢。"

"回家的感觉不错吧！"

"回家？"

"我是指这里——远离那些意大利人和西班牙人，回到英国的领土上。"

伍尔摩想起海港沿岸那些摇摇欲倾的小屋，有个孤苦无依的老人躲在一方阴影处睡觉，衣衫褴褛的孩童们啃着木头充饥。他说："哈瓦那没这么糟。"

“喝杯农家自酿的果酒吧，东西还不错。”

“谢谢。”

霍索尼说：“我请你来，是因为出了点麻烦。”

“是吗？”

他猜真相就要被揭发了。他人就在英国的领土上，这样他会被逮捕吗？他将以什么样的罪名被起诉？也许是“谎报消息而获利”，要不然就是《公务员保密条例》里一些不明不白的罪名。

“是关于那些军事基地的事。”

他一定要解释贝翠丝对所有的一切一无所悉。他没有任何共犯，而是其他人太轻信他的话了。

“它们怎么了？”他问。

“我希望你能拿到照片。”

“我试过了，但你也知道发生了什么事。”

“没错，但那些图有点令人困惑。”

“那本来就不是绘图专家画的。”

“别误会我的意思，老兄。你的表现太令人惊喜了，只是，我有一度曾经……嗯，产生怀疑。”

“怀疑什么？”

“嗯，老实说，其中有些图令我联想到真空吸尘器。”

“是啊，当时我也很惊讶。”

“然后我想起你店里头的那些东西。”

“你认为我在耍你们情报局？”

“我知道，现在回想起来，这话听起来实在是太荒谬了。总之，当我听说他们决定要干掉你时，某种程度上我松了口气。”

“干掉我？”

“你明白的，这证明那些图确实是真的。”

“他们是谁？”

“对方的人。还好那时候我没有把我的猜疑讲出去。”

“他们准备怎么干掉我？”

“嗯，这个我们稍后再谈——可能是下毒吧。我刚才的意思是说，在没有拿到照片之前，我们仍无法确认你的报告。我们把这些报告压了很久之后，如今已送到各情报单位和原子研究中心去。但他们也帮不上忙，说那些图和核武器根本沾不上边。现在最糟糕的是，我们都被那些搞原子弹的家伙牵着鼻子走，忘了世界上还有其他险恶的科学武器存在。”

“他们打算怎么毒死我？”

“一件一件来，老兄。我们不要疏忽了战争的经济层面。古巴根本负担不起原子弹的制造费用，但他们是否找到了在短距离内比较便宜却具有同等杀伤力的武器？关键就在于——便宜。”

“你可以先告诉我他们打算怎么干掉我吗？这对我来讲很重要。”

“我当然会告诉你。我只是想先让你了解整个事情的背景，还有我们将多么高兴——见到你的报告获得证实。对了，他们打算在某个商业餐会中下毒谋害你。”

“欧洲贸易协会的餐会？”

“我想应该是吧。”

“你怎么知道的？”

“我们的人已经渗透进他们在此地的组织。你要知道了我们晓得你们那边多少的事，你准会吓一跳！譬如四号情报员的死纯属意外，他们原本只打算像对付三号一样开枪吓吓他就好了。你是第一个他们想要置于死地的人。”

“真让人欣慰。”

“换个角度想，也算是种恭维。你现在有危险了。”霍索尼发出一长串惊人的吸吮声，喝干了他那杯点缀了一层层冰块、柳橙、菠萝和樱桃的酒饮。

“我想，”伍尔摩说，“我还是不要去了。”他很惊讶自己心底竟然对此感到失望，“那将是我十年来第一次缺席餐会，他们甚至要我上台演讲。公司方面总是希望我出席，那就像是代表公司挥舞旗帜。”

“你当然得去。”

“然后被毒死？”

“你可以不吃东西啊。”

“聚餐时可能什么都不吃吗？况且还有饮料的问题。”

“他们不太可能在整瓶酒里下毒，你可以假装酗酒，只喝不吃。”

“谢谢，那对我的生意一定大有帮助。”

“现代人对喝酒已经没那么死脑筋了，”霍索尼说，“更何况，如果你不去，他们一定会起疑心，甚至危及我的消息来源。我们得保护我们的消息来源。”

“我想那也是纪律的一种。”

“没错，老兄。另一个重点是，我们知道他们的阴谋，知道他们的暗号，却不知道他们的主谋者。或许借着这个机会，我们可以揭发他们的身份，把他们一网打尽，进而破解这个组织。”

“没错，谋杀总有破绽，我敢说你们在给我验尸的时候，一定能够找到一些线索，并提供给塞古拉去追查。”

“你不会是害怕了吧？这是桩危险的工作，除非你准备好放手一搏，否则你可以拒绝……”

“你真像个斯巴达的母亲，霍索尼——胜利归来，要不就滚到桌子底下去！”

“这倒是个好主意。你可以在恰当的时刻滑到桌子底下，杀手会以为你死了，而其他人会以为你醉了。”

“这可不是莫斯科的四巨头会议。欧洲贸协的会员没人栽到桌子底下过。”

“从来没有？”

“从来没有。你是不是觉得我担心过度？”

“我觉得你实在没什么好担心的。不会有人帮你上餐，那是自助式的餐会。”

“当然，除了蟹肉外——那是国家俱乐部的开胃菜，事先就一份一份准备好。”

“到时你可别吃，反正很多人都不吃蟹肉的。上其他菜的时候，千万别碰靠近你的那一份。那是魔术师强迫你抽某张牌的惯用手法，你得抗拒这种暗示。”

“可是，魔术师通常会设法让你拿到那张牌。”

“你刚才说——午餐是在国家俱乐部举办？”

“是的。”

“那你为什么不运用一下七号？”

“谁是七号？”

“你不记得你自己的情报员了吗？当然就是国家俱乐部的那个领班。他可以帮你盯着盘子以防被人搞鬼啊。该是他表现一下的时候了。我不记得你有从他那边得到过情报。”

“你能不能给我一点线索……那个午餐会上的人是谁？我是说那个打算……”他对“杀害”这个字眼感到畏缩，“打算对我下手的人。”

“一点线索也没有，老兄。反正提防每个人就对了。再来一杯果酒如何？”

3

回古巴的飞机上只有寥寥数人：一个西班牙妇人带着一堆孩子——有些尖叫着，有些一升空就晕机；有个黑女人把一只活生生的公鸡包在她的围巾里；有个古巴香烟出口商算是伍尔摩的点头之交；还有个英国人身穿一件苏格兰呢夹克，抽着烟斗，后来空姐过来请他把烟熄掉。不过这英国人在剩下的旅程中还是派头十足地抽着空烟斗，而且身上的夹克被汗水都浸湿了。他有一副臭脸，好像他永远都是对的。

午餐时，他往后挪了几个位子，然后在伍尔摩身旁坐下来，他说：“真受不了那些又哭又叫的小家伙，不介意我坐这里吧？”他望了望伍尔摩膝上的文件。“你是菲氏吸尘器的人？”他问。

“是的。”

“我是核子吸尘器公司的人，名叫卡特。”

“噢。”

“这是我第二次到古巴来，据说这里是声色大本营。”他取下烟斗，把它搁在一旁，接着用餐。

“或许吧，”伍尔摩说，“如果你喜欢妓院和赌轮盘的话。”

卡特像在拍狗的脑袋一样轻轻拍了拍烟袋——意思像是“忠心的小猎狗，你是个好伙伴”。

“我是随口说说啦……不过，我也不是清教徒就是了。或许那些玩意儿很有趣的，入乡随俗嘛。”他换了个话题，“你们生意好吗？”

“还不差。”

“我们出了一种新机型，将来一定会横扫市场。”他塞了一大口甜饼，然后给自己切了一块鸡肉。

“是吗？”

“它就像除草机一样用马达运转，娇小的妇女使用起来也毫不费力，而且没有那些牵牵扯扯的管子。”

“声音大吗？”

“装了特殊消音器，比你们的机型安静多了，我们称它为‘低语的妻子’。”大喝了一口甲鱼汤后，他接着吃水果色拉，还在牙缝间磨葡萄籽，“我们很快就会在古巴设个代理商。你认识布劳恩博士吗？”

“见过，在欧洲贸易协会。他是协会的理事长，专门从日内瓦进口精密仪器。”

“就是他没错，他给了我们非常有用的建议。事实上，他还邀请我去参加你们的周年聚餐。你们的餐点很丰盛吗？”

“你也知道，饭店的午餐就那么回事。”

“总比这个好吧。”他说着说着，从嘴里吐出一片葡萄皮。

他刚才没注意到那道芦笋色拉，现在才开始吃那道菜。吃完后，他摸摸口袋。

“这是我的名片。”名片上头写着：威廉·卡特，技术专员（诺维奇），角落一行是：核子吸尘器有限公司。他说：“我会住在塞维尔·比尔特摩酒店，待一个星期左右。”

“我恐怕没有把名片带在身上，我叫伍尔摩。”

“你见过一个叫戴维斯的人吗？”

“应该没有。”

“他是我大学时的室友。他进了格力菲斯公司，也被派到这里来了。真有意思，到处都碰得到诺维奇人。你不会也是吧？”

“不是。”

“哪里毕业的？”

“我没有上大学。”

“我还没告诉你。”卡特好心告诉他，“我上过牛津大学，但他们在科技方面落后得很。不过这对教授们没影响吧，我猜。”他又开始吸他的空烟斗，像小孩在吸奶嘴一样吸得嘶嘶响。突然间他又开口说话，那模样仿佛是残余在口中的丹宁酸触到他的舌头，渗出浓浓的苦味。

“太落伍了，”他说，“都是些老古董，只知缅怀过去，要是我就把它们废除掉。”

“废除什么？”

“牛津和剑桥。”他拿起盘子里最后一道食物，那是一条面包卷，然后把它蚕食殆尽，就像岁月或常春藤蜷吞了石块那般。

在海关处，两个人在人群中失散。卡特的那个核子吸尘器模型好像遇上了麻烦，但伍尔摩不觉得有义务要去帮对手的忙。走出机场时，他远远就瞧见贝翠丝开着那辆老爷车来接他。多少年来，这是第一次有个女人在等他。

“一切还好吗？”她问。

“嗯，很好，他们很满意我的表现。”他看着她握住方向盘的手。下午很热，她没戴手套，她的手看起来又漂亮又能干。他说道：“你没戴结婚戒指。”

她说：“我以为没有人会注意到。结果米莉也注意到了，你们这家人观察力真好。”

“你不是弄丢了吧？”

“我昨天把它拿下来洗，结果忘了戴回去。不过，戴一个被遗忘的戒指实在没有意义，不是吗？”

他把午宴的事告诉她。

“你不会去吧？”她问。

“霍索尼希望我去，以保护他的消息来源。”

“去他妈的消息来源。”

“还有另一个更重要的理由。海斯巴契医生提醒过我，他们会攻击你所爱的人。如果我不去，他们会想一些别的花样，也许是更可怕的花样，这我们无可设防。下回他们的矛头或许不是指向我——我爱自己的程度还不足以满足他们——而是米莉，或是你。”

直到贝翠丝让他在门口下车再把车开走之后，他才明白自己那番话里所隐藏的情意。

第三章

1

米莉说：“你只喝了杯咖啡，连片吐司都没碰。”

“我没心情吃。”

“你今天中午就要去协会的餐宴大吃一顿，而你自己也知道蟹肉对你的胃不好。”

“我保证会非常非常小心。”

“所以你早餐应该要好好吃一下，而且吃点麦片粥垫垫底，这样喝酒才不会伤身体。”看来这又是个有姆妈的日子。

“很抱歉，米莉，我心里有事，没胃口。别逼我好吗，至少今天不要。”

“演讲准备好了吗？”

“我已经尽我所能准备了，可是我不是演说家呀，米莉，真不明白他们为什么要邀请我演讲。”但他烦乱地意识到其实他知道为什么，一定是幕后有只黑手对布劳恩博士施压，一定是某个人不惜任何代价都要确认清楚。他想，我正是那份代价。

“我打赌你一定会造成轰动。”

“我避之唯恐不及呢。”

米莉上学去后他坐到餐桌边来。米莉最习惯吃的那款卫毕思麦片粥纸盒上，印着“小矮人多多”的最新冒险故事。小多多在短短的一节故事中，遇到一只大得像圣伯纳犬的老鼠，结果他学猫叫“喵”，把大老鼠给吓跑了。

这实在是个简单的故事，连起码的生命寓意都谈不上。再者，只要搜集十二个盒盖，这家公司会送上空气枪一把。这盒麦片粥已经快吃光了，伍尔摩索性拿起刀子，沿着虚线小心地切掉盒盖。就在他要切到最后一个转角时，贝翠丝进门来了，她说道：“你在做什么？”

“我认为我们店里可能需要一把空气枪，只要再搜集十一个盒盖就够了。”

“我昨晚睡得很不安稳。”

“喝了太多咖啡？”

“不是，是为了海斯巴契医生说的那番话，你昨天在车上告诉我的，关于米莉那件事。你今天中午可不可以不要去？”

“这是我唯一能做的了。”

“你做得已经够多了，我光是从伦敦那边跟你打电报的方式，就可以判断他们对你很满意。不管亨利怎么说，伦敦方面也不会要你去冒这种不必要的危险。”

“海斯巴契说得很对——如果我不去的话，他们也会找别的途径下手。”

“别担心米莉，我会像山猫一样紧紧地守着她。”

“那谁来守着你呢？”

“这是我的工作，我自己选择的，你无需为我负责。”

“你以前曾经陷入这种处境吗？”

“没有，但我也从来没遇过像你这样的老板，你这回真的是让对方如临大敌。你知道，我这种工作平常不过是处理行政事务，传些无聊的电报罢了，从来也没有什么谋杀案件。我不希望你被杀，你是真真实实的人，你不是《少年世界》里的故事……老天，你可不可以放下那个愚蠢的盒子，听我说话？”

“我在重看小矮人多多的故事。”

“那你干脆就留在家里陪他吧！我去把所有小多多的故事都买回来给你看，好让你跟上进度，好不好？”

“霍索尼说得很有道理，我只要留心端来的东西就行了。我得揪出他们来，这样才算为我那些钱做了点事。”

“你做得已经够多了。去参加这个可恶的餐会一点意义也没有。”

“有意义，事关荣誉。”

“你要荣誉做什么，展示给谁看？”

“你。”

2

他一路穿过国家俱乐部的大厅，两旁一格格的陈列橱窗中满满摆设着意大利鞋、丹麦烟灰缸、瑞典玻璃工艺品和英国羊毛衣。欧洲贸易协会时常聚餐的包厢就在那张椅子的后方，现在那张椅子上坐着惹人注目的海斯巴契医生。伍尔摩缓缓地走向他，这是打从他穿着那身骑兵装坐在床上向伍尔摩吐露往事后，两人首度碰面。要走进包厢的协会会员不断经过海斯巴契医生身旁，停下来和他讲话，但他全然不理不睬。

伍尔摩走到椅子旁，海斯巴契医生说："别进去，伍尔摩先生。"他并未刻意压低声音，但声波在橱窗间颤动，引起了注意。

"近来可好，海斯巴契？"

"我说，别进去。"

"我听到了。"

"他们要杀你，伍尔摩先生。"

"你怎么知道？"

"他们打算毒死你。"许多宾客停下来，瞪着他看，微笑着。其中有个美国人说："这里的食物有那么糟吗？"每个人都大笑起来。

伍尔摩说："别待在这里，海斯巴契，这样太招摇了。"

"你真的要进去吗？"

"当然，我是其中一个演讲者。"

“你有米莉那孩子，别忘了。”

“别担心米莉，我会安然无恙地走出会场。海斯巴契，回家去吧！”

“好吧，我已尽力了，”海斯巴契医生说，“我会守在电话旁边等你的消息。”

“一离开这里我就打电话给你。”

“再见，吉姆。”

“再见，医生。”

海斯巴契的这声“吉姆”让他吓了一跳。他想起自己常在心中打趣：只有他躺在病床上回天乏术时，这位医生才有可能唤他一声“吉姆”。陡然之间他觉得不胜孤独，回家的路如此漫长。

“伍尔摩！”

身后有个声音唤他，他回头一看，原来是在飞机上一路和他歪缠的那个卡特。一时间英格兰的人情、英格兰人的势利、英格兰人的粗鄙、“英格兰”此词所带来的亲切感与安全感，一股脑儿涌上他的心头。

“卡特！”他欢声回道，好像卡特是全哈瓦那他最想见到的人，而在这一刻他的确是。

“见到你实在是太高兴了，”卡特说，“整个会场我连个鬼也不认识，连我的——连布劳恩博士也不认识。”他的口袋鼓着烟斗和烟袋。他拍拍口袋，好像在确定东西还在不在，仿佛他也有离家太远的情结。

“卡特，这位是海斯巴契医生，我的老朋友。”

“您好，医生。”他转向伍尔摩，“我昨天晚上到处找你，结果都没找着。”

他们一同走进餐宴的房间。他对这个同胞的信任其实毫无道理可言，但走在卡特的身边，让他觉得备受保护。

3

房间里高挂着两面美国国旗，以示对该国总领事的敬意。其他还有许多小国旗，代表与会各国代表所坐的位置。理事长布劳恩博士的桌子上方悬挂着瑞士国旗，甚至也为摩纳哥领事准备了一面摩纳哥国旗，他是哈瓦那数一数二的雪茄出口商。他的左边坐着美国总领事，以示该组织与美国间的忠诚联盟。伍尔摩和卡特进来时，服务生正端着鸡尾酒四处穿梭。两人一进门，就有个服务生走向他们。到底是伍尔摩的想象，或者是那个服务生真的转了一下盘子——怎么盘子上最后那杯鸡尾酒，就正好端到他的手边？

“不，不用了，谢谢。”

卡特伸出手准备拿下那杯酒，但服务生已转头走向备膳室。

“你是想要马丁尼吗，先生？”有个声音在背后响起，回头一看，正是领班本人。

“不，我不喜欢马丁尼。”

“威士忌如何？雪利酒，还是老式的酒？想点什么尽管吩咐。”

“我现在什么都不想喝。”伍尔摩说，于是领班放过他，转向其他宾客。理论上他应该是他的七号情报员。但如果他恰恰正是那位刺客，那简直太讽刺了。伍尔摩四下寻找卡特，但他已跑去和主人搭讪了。

“你最好尽情地喝，”一个苏格兰口音响起，“我叫麦克·道格，我们俩的位子好像在一起。”

“我好像没在这里见过你。”

“我接管麦金泰尔的工作，你应该知道麦金泰尔吧？”

“嗯，是啊，是啊。”布劳恩博士敷衍了一下不重要的卡特，把他交给另一个瑞士钟表商，自己领着美国总领事在会场四处转，以便介绍总领事认识其他更重要的会员。德国人自成一个小圈圈，舒服地靠在西边的墙上。当今德国货币的优势地位，就如同一道决斗之后留下的光荣疤痕，让他们显得意气飞扬：今日国家的尊严视汇率而定，当年建立恐怖纳粹集中营的耻辱已不复存在。伍尔摩怀疑是不是他们其中一个人把午宴的秘密泄露给海斯巴契医生。泄露？那倒也不一定，说不定是他们威胁海斯巴契提供毒药。那倒也好，看在他们多年的交情，他应该会选一种比较不痛苦的毒药，如果有那种毒药的话。

“我跟你说，”麦克·道格像台苏格兰纺车似的愈转愈兴奋，“你最好现在能喝就喝，待会儿就没机会了。”

“吃饭时不会有酒吗？”

“看看餐桌。”每个地方都立着一瓶牛奶。

“你没看你的邀请函吗？今天要采用美式蓝碟午餐，以表达对美国盟友的敬意。”

“蓝碟？”

“别告诉我你不知道那是什么，伙伴。他们把东西都装好在盘子里，直接塞到你鼻子底下——烤火鸡、蓝莓酱、腊肠、红萝卜和薯条。我最受不了薯条了。反正蓝碟就是不挑不拣。”

“不挑不拣？”

“吃该你的那一份，这就是民主，伙伴。”

布劳恩博士招呼大家进餐。伍尔摩原本希望同个国家的人都能安排坐在一起，如此一来卡特就会坐在他旁边。结果事与愿违，他左边来了个陌生的北欧人，一坐下来就对牛奶瓶愁容满面。伍尔摩心想，这一切真是巧心安排，没有一样东西是安全的，连牛奶也变得不可靠。侍者开始忙碌梭巡送蟹肉，然后他见到卡特就坐在他的正对面，顿时松了一口气。卡特那粗鄙的态度里，有某种让人放心的安定。你知道如何应付他，就如同你知道如何应付英国警察一样，因为你懂得他的思想。

“不，”他对侍者说，“我不吃蟹肉。”

“明智之举。”麦克·道格先生说，“我也没要，那东西和威士忌不搭。你现在喝一小口冰水，然后把杯子放到桌面下，我口袋里有一小瓶好酒，两个人喝刚好。”

伍尔摩想也没想就伸出手去拿了杯子，旋即一阵疑虑涌上心头。这位麦克·道格到底是谁？他从来没见过这号人物，而且麦金泰尔离职一事他之前也没听说过。会不会是水里有毒，或者是他口袋里的酒有异？

“麦金泰尔为什么离开？”他用手围着杯子。

“唉，不就是那么回事吗？”麦克·道格语带含糊，“你也知道就是那样。倒了你的水，你不想辜负了这瓶威士忌吧？这可是顶级的高地威士忌哟！”

“这时候喝酒，对我来说太早了点，不过还是很谢谢你。”

“如果你信不过那水，不喝是对的。”麦克·道格还是语焉不详，“这瓶酒我保存得很好很干净，如果你不介意的话，我们可以共享瓶盖……”

“不，真的，这种时间我不喝酒。”

“只有英格兰人才挑时间喝酒，苏格兰人可不。难不成接下来还挑死亡的时辰？”

卡特在对面说道：“我倒不介意时间的问题，我的名字叫卡特。”

看到麦克·道格倒酒给卡特，令伍尔摩松了口气。又少了个可疑的人，因为没有人会想毒死卡特吧。不过他还是觉得麦克·道格的酒不太对劲，闻起来有假酒的味道。

“史文森。”那个沉郁的北欧人突然从他的小瑞典旗后冒出声音——起码伍尔摩认为那是瑞典国旗，反正他向来都分不清北欧那些国家的国旗。

“伍尔摩。”他说。

“摆这些牛奶是什么怪道理？”

“我想，”伍尔摩说，“布劳恩博士是太拘泥于细节了。”

“搞不好是故意搞笑。”卡特说。

“我不觉得布劳恩博士会有幽默感。”

“伍尔摩先生，你是做哪一行的？”那瑞典人问，“我们以前可能没有正式见过面，但是我看到过你。”

“我在卖真空吸尘器，你呢？”

“玻璃业，如你所知，瑞典玻璃工艺在世界上首屈一指。这面包相当美味可口，您不想尝一尝吗？”他可能先念过《实用会话》才来的。

“我得禁口，会发胖，你知道的。”

在最里面总领事坐的那桌，侍者已经开始上菜，也就是所谓的蓝碟。麦克·道格记错菜单了，主菜是马里兰鸡，而不是火鸡，但红萝卜、薯条和腊肠倒是对的。布劳恩博士动作比较慢，到现在还在吃蟹肉，那是因为他不时得去调整眼镜，而且太专注于谈话。两个侍者绕着餐桌转，一个收走余下的蟹肉，一个奉上蓝碟。只有总领事曾想到去打开他的牛奶瓶。“戴维斯”这个模糊的字眼不时飘向伍尔摩这里。有个侍者走过来，端着两个盘子，一个放在北欧先生前面，另一个给伍尔摩。伍尔摩脑海里突然闪过一个念头：这一场生死之斗会不会只是个无聊的玩笑？或许霍索尼是个幽默大师，而海斯巴契医生……他记起米莉问过他，海斯巴契医生可曾欺骗他……顿时他真想跟卡特全盘供出一切，然后听听他的俗常之见。毕竟，有时候就算逃过生命的劫难，也未必躲得过命运的嘲弄。想着想着，他发现他的蓝碟有点不对劲——里面缺了红萝卜。

他很快地说：“你不喜欢红萝卜吧？”然后把盘子推向麦克·道格。

“不，我不喜欢的是薯条。”

麦克说着又把盘子快速推向卢森堡领事。这位领事正和他对面的那位德国人谈得聚精会神，便心不在焉地把盘子往邻座一推。结果这看似礼貌的动作传染了下去，每个人都客气地不愿先用，盘子被一推再推，最后放到了正好吃完蟹肉的布劳恩博士面前。领班眼看着那盘子被移来推去，急着想去拦截，却永远晚了一步。刚才的侍者又返回端来了更多盘子，伍尔摩赶紧从中拦下一盘。侍者一脸困惑，伍尔摩则狼吞虎咽起来，一面还啧啧有声地说："红萝卜棒透了。"

这时领班一个箭步蹿到布劳恩博士身旁。

"对不起，布劳恩博士，"他说，"他们忘了给你红萝卜。"

"我反正不吃红萝卜。"

布劳恩博士说着，切下一块鸡肉就要往嘴里送。

"失礼了。"领班意志坚定地夺下他的盘子，"是厨房的过失。"说着他就像个捧着献金盘的教堂司事般面不改色地端着盘子往备膳室走去。

麦克·道格先生浅尝了一口他的威士忌。

"我想我现在可以冒一点险，"伍尔摩说，"就当作是庆祝吧！"

"好家伙，要掺水还是喝纯的？"

"我可以喝你的水吗？我杯子里掉了只苍蝇。"

"没问题。"

伍尔摩喝了三分之二的水，然后让麦克·道格为他斟满酒。伍尔摩一饮而尽，麦克·道格慷慨地又为他斟上一杯。

"喝了吧，你可别输给我了。"他说道。

伍尔摩卸下心防，又回到信任人类的国度。他想要好意对待这位一度受他怀疑的邻座。他说："我们一定要找个机会再见面。"

“参加这种聚会如果没交到朋友，那可就失去意义了。”

“若不是参加这个聚会，我也不会遇见卡特和你。”

他们三人各又喝了一杯威士忌。

“你们一定得见见我的女儿。”伍尔摩说，那威士忌温暖了他的心窝。

“你的生意做得如何？”

“还不赖，我们正在扩充编制。”

布劳恩博士敲敲桌子，要大家安静。

“时候到了。”酒酣耳热，卡特以他那所向无敌的诺维奇大嗓门喊着，“要举酒互道干杯了。”

“老弟，”麦克·道格说，“是要演讲了，而且不会有干杯。我们得滴酒不沾地听那些装腔作势的家伙演讲。”

“我也是那些家伙中的一个。”伍尔摩说。

“你要上去演讲？”

“以资深会员的身份。”

“很高兴你能熬到那么久。”麦克·道格说。

美国总领事应布劳恩博士之召唤开始演讲起来。他说到民主国家之间的精神联系——他似乎把古巴也算作民主国家——提及贸易的重要性，因为国家之间若没有贸易往来，就不会有精神上的联系。或者反过来，精神联系之重要性在于建立贸易。他说美国对落后国家的援助，使他们得以购买更多商品，而借着购买力的提升，更强化了彼此精神上的联系……（有只狗在旅馆某处叫嚣，领班示意工作人员把门关上）……美国总领事很荣幸受邀参与这个聚会，而且与欧洲贸易的重要代表们见面，借此强化彼此未来在精神上的联系……伍尔摩又喝了两杯威士忌。

“现在，”布劳恩博士说，“有请本协会最资深的会员上台。当然，我并不打算说出他的年纪，我只能说他在这个美丽的城市为欧洲贸易服务多年——部长阁下，”他向着他邻座一位黑肤斜眼的人士一鞠躬，“我们很荣幸客居此地——我所说的这个人，相信大家都知道，就是伍尔摩先生。”他快速瞄了一眼他的笔记，“吉姆·伍尔摩先生，菲氏吸尘器公司在哈瓦那的代表。”

麦克·道格说：“威士忌快喝完了。真不巧，就在你最需要壮胆的时候。”

卡特说：“我自己也带了酒，可是在飞机上喝得差不多了。看来你瓶里只剩一杯的量了。”

“留给我们的朋友吧，”麦克·道格说，“他比我们更加需要。”

布劳恩博士继续说着：“伍尔摩先生是服务精神的表率。他为人谦虚、缄默、坚忍和高效率。我们的敌人总把业务员说成是大言不惭的家伙，一心只想推销些没有用、没必要甚至是有伤害性的废物，这当然不是事实……”

伍尔摩说：“你真好，卡特，我的确需要喝点酒。”

“不习惯演讲？”

“不只是演讲的问题。”他往前凑近卡特那张具有诺维奇特征的大众脸。它的狐疑，它的肯定，它那涉世未深的轻浮调调，令他觉得跟卡特在一起很安全。他说：“我知道你不会相信我接下来所说的任何一个字。”

但事实上，他并不要卡特相信他，相反，他希望向卡特学习如何不信任。有个东西触着他的脚，他往下一看，原来是条短腿长身的德国黑色猎犬，它那垂卷着耳朵的脸正在向他乞讨食物。这狗一定是趁侍者没注意时从备膳室溜了进来，这下真成了亡命之犬，只能遮遮掩掩地躲在桌布下面。

卡特推过来一小瓶酒给伍尔摩。

“这不够两人喝，全给你了吧！”

“太感谢你了，卡特。”

他旋开瓶盖，把整瓶酒都倒进他的杯子里。

“只是尊尼获加[1]，不是什么新鲜玩意儿。”

布劳恩博士说：“如果有什么人能够为我们讲述长年服务群众所需要的耐心和毅力，这个人非伍尔摩先生莫属，现在就请伍尔摩先生……”

卡特眨了眨眼，假装拿起一个酒杯向伍尔摩致敬。

“喝——喝呀，”卡特说，“你最好快喝——喝！”

伍尔摩放下酒杯：“卡特，你在说什么？”

“我说赶紧干了这杯酒。”

“哦，不，你不是这样说的，卡特。”

为什么他先前都没注意到卡特那个遇到气音就口吃的毛病？难道是卡特知道自己的毛病，所以故意避说气音字，但是在期望或害怕的时候还是露出了马脚？

“怎么了，伍尔摩先生？”

1　世界著名的苏格兰威士忌品牌。

伍尔摩放下他的手拍拍狗的头，然后像是不小心似的打翻了桌上的酒杯。

“你假装不认识那位医生。”

“什么医生？”

“你应该会叫他海——海斯巴契。”

“伍尔摩先生！”布劳恩博士在桌子的那一端唤他。

他摇摇晃晃地站起身来。那条狗在桌子底下贪婪地舔着泼洒了一地的尊尼获加。

伍尔摩说：“感谢你们邀我来演讲，无论是出于什么样的动机。”

桌面上传来几声礼貌性的干笑，他微感惊讶，他可不是在讲笑话啊！他说：“这是我第一次在公众面前上台，而原本或许也是最后一次。”他的双眼直盯着卡特，卡特皱起了眉头。他为自己竟逃过一劫而微感失礼，那感觉就像在公共场合喝得酩酊大醉一般。或许他也真是醉了。

他说：“我不知道自己在这里有没有交到朋友，但敌人铁定是有的。”

有人在底下起哄，还有好几个人大笑了起来。再继续发挥下去，大家必定会封给他一个机智演说家的头衔了。他说：“今日我们常常听闻所谓‘冷战’的种种，但任何一个生意人都会告诉你，同类产品的经销商之间，进行的可是硬生生的热战。举菲氏吸尘器公司和核子吸尘器公司为例，这两家公司生产的机器，并不比两个人类——比如一个俄国人或一个德国人和英国人——之间的差异更大。但如果这两家公司都不存在那一小撮野心分子，就不会有这样的竞争和战争，就是那一小撮人指挥了这场战争、捏造了事实，让卡特先生和我必须争个你死我活。”

这下没有人想笑了。布劳恩博士俯首对总领事耳语。伍尔摩举起卡特的酒瓶。“我想连卡特先生自己也不知道，到底是谁为了公司利益而派他来毒死我的。”

众人一阵爆笑，松了口气。麦克·道格先生说：“我们还可以再多毒死一些人！”

话才说完，桌下的那条狗突然哀鸣了起来。它从桌布下窜出来，走向备膳室的门。

“麦克斯，”领班叫道，“麦克斯！”

四下一片沉寂，然后出现了几声不自在的干笑。小狗脚步摇摇摆摆的，哀嚎着，拼命想要咬自己的胸口。领班在门边把它抱了起来，但它还是痛苦地叫个不停，挣脱了他的手臂。

“思春期到了吧。”麦克·道格有些尴尬地说。

“很抱歉，布劳恩博士，”伍尔摩说，“我表演完毕了。”他穿过备膳室的门追上领班：“等一下。”

“你要做什么？”

“我要弄清楚你在我的盘子里动了什么手脚？”

“你在说什么，先生？你的盘子？”

“你很担心有人会吃了我那盘东西。”

“我不懂你的意思。”

“你知道那盘菜有毒吗？”

“先生，你是说菜不好吃？”

“我是说那盘菜被下了毒，而你刚才急着救布劳恩博士的命——不是我的命。”

“恐怕我还是听不懂，先生，我很忙，容我告退。”

狗的哀鸣声沿着厨房的长廊传过来，接着这一长串悲惨的低嚎被一声疼痛的尖锐狂吠给打断。领班大声呼喊：“麦克斯！”然后飞也似的跑了过去，打开厨房的门，“麦克斯！”

那德国猎犬蜷缩在桌下，费力地抬起头，然后痛苦地拖曳着身子爬向领班。一个戴帽子的厨师说：“它没有吃厨房里的任何东西，那个盘子已经拿出去丢掉了。”

狗儿颓倒在领班的脚上，然后躺在那里，像一团碎渣。

领班跪在狗身旁，他用德文喃喃自语：“麦克斯，我的小宝贝，我的小宝贝。”

狗儿黑色的身躯仿佛和领班黑色的外衣融为一体。厨房里的人都围了过来。那黑色身躯微微地抽动了一下，粉红色的舌头像牙膏般垂软下来，贴在地板上。领班手抚着狗儿，抬起头来看着伍尔摩。那噙着泪的双眼仿佛在指控伍尔摩，为什么他还好好地站在那里，狗儿却死了。伍尔摩几乎自责了起来。但他仍一咬牙，转过身去走开了。在长廊尽头他往回望：那黑色的人影跪在黑狗儿身旁，身穿白衣的厨师站在上方，其余员工分立两旁，就像是吊唁者围立在坟边，手上的围巾、抹布、盘碟犹如花圈。他心想，换作是我的丧礼，可能还比这更加寒酸呢！

4

“我回来了，”他对贝翠丝说，“我胜利归来了，躺在桌下的不是我，是那条狗。”

第四章

1

塞古拉大队长说：“很高兴只有你一个人在家。真的只有你吗？”

“只有我在。”

“我想你应该不会介意我派两个人守在门口，以免有人打扰我们。”

“你要逮捕我？”

“当然不是。”

“米莉和贝翠丝看电影去了，等一下如果在门口被拦住，她们一定会吓一跳。”

“我不会花你太多时间的。我有两件事要跟你谈，一件是重要的事，另一件是例行公事。我就从重要的事先谈起如何？”

“请说。”

“伍尔摩先生，我希望能和你的女儿结为连理。”

“这点事也需要派两个人在门口站岗吗？”

“这样才不会被打扰。”

“你和米莉谈过了吗？”

“在没和你谈过之前，我不敢心存奢望。”

“我想即使在这种地方，法律上你也需要我的同意。”

“这不是法律的问题，而是一种人情义理。我可以抽根烟吗？”

“请便。那个盒子真的是人皮制的吗？”

塞古拉大队长纵声大笑。“唉，米莉啊米莉，真是个古灵精怪的女孩！”他暧昧地又加上一句，“伍尔摩先生，你真的相信那个故事吗？”或许他不屑睁眼说瞎话，他有可能是一个善良的天主教徒。

“她太年轻了，还不到结婚的时候，塞古拉大队长。”

“在这个国家可不会。”

“我相信她还不想这么早结婚。”

“但你可以影响她，伍尔摩先生。”

“他们都叫你红鹰吗？”

“没错，在古巴，那是一种恭维。”

“你不会觉得自己的生活很不安稳吗？你似乎有不少敌人。”

“我已经存够了钱，可以养我的遗孀一辈子。在这方面，我比你更加牢靠呢，伍尔摩先生。你这个行业赚不了什么钱，还随时可能关门大吉。”

“关门？”

“我相信你并非故意惹麻烦，但是近来有太多麻烦找上你。如果你不得不离开这个国家，难道你不希望你的女儿在这里找到一个好归宿？”

“你说的是什么样的麻烦，队长？”

“先是有桩车祸——起因先不管。还有攻击希夫工程师的事件，别忘了他是内政部长的朋友。桑兹教授抱怨你闯入他家威胁他。甚至还有个传说，说你毒死了一条狗。”

“我毒死了一条狗？”

“听起来是有点不可思议，但国家俱乐部的领班说你喂那条狗喝有毒的威士忌。可是你没事喂狗喝酒干吗？我搞不懂，他也不懂。他想可能因为那是条德国狗吧。你不为自己说句话吗，伍尔摩先生？”

“我不知道要说什么好。”

“那领班看起来好可怜，一副伤心欲绝的样子，不然我早把他丢到马路上去了，省得听他在那边胡言乱语。他说你还跑到厨房里去，幸灾乐祸地验收成果。我一直以为你是个仁慈的人……告诉我这件事不是真的。”

“那条狗是被毒死的没错，毒死它的酒的确是从我的杯子里倒出去的，但那是冲着我来的，不是它。”

“人家干吗要毒死你？”

“我不知道。”

“两个奇怪的版本，但或许谁也没有错，谁也没下毒，只是那条狗碰巧死了。我猜想它的年纪一定不小了。不过伍尔摩先生，你必须承认，近来有你的地方就会有麻烦，或许你就像贵国传说中的那些天真小孩，找了顽皮鬼帮了倒忙。”

“或许我真的是。你知道那些顽皮鬼的名字吗？”

“大多数都知道。我想该是驱邪降魔的时候了。我正在草拟一份报告给总统。”

“我也在报告之中吗？”

“没必要写到你，伍尔摩先生。我可以告诉你，我已存足了钱，即使我发生了什么意外，米莉还是可以优渥地过一辈子。就算革命爆发，我也有钱可以移民到迈阿密去。”

“你不需要告诉我这些，我一点也不怀疑你的经济能力。”

“礼貌上我还是必须向你禀告，伍尔摩先生。至于我的健康——更是好得没话讲，我可以拿健康报告给你看。生儿育女也是绝对不会有问题的，这类的证明可就很多了。”

“了解。”

“其实那些事你女儿也不用担心，那些孩子都是衣食无忧的。我目前的家累根本算不了什么，不过我知道基督徒对这种事挑剔得很。”

“我不算是基督徒。”

“幸好你女儿是个天主教徒。这桩婚姻简直是天赐良缘，伍尔摩先生。”

“米莉才十七岁。”

“这是生儿育女的绝佳年纪。你允许我向她求婚吗？”

“你需要我的允许吗？”

“这样程序上比较合理。”

“如果我拒绝的话……”

“我当然会努力说服你。”

“你曾说过我属于不可折磨的阶级。”

塞古拉大队长充满感情地把手放到伍尔摩肩上：“你就和米莉

一样幽默，伍尔摩先生。不过说真的，你总要考虑一下居留权的问题。”

“你似乎心意已决。好吧，你可以和她说说看，反正在她放学回家的路上，你多的是问她的机会。不过米莉脑筋清楚得很，我看你胜算不大。”

“果真如此，我会请你运用你父亲的影响力。”

“你还停留在维多利亚时代啊，塞古拉大队长，现在的父亲哪来什么影响力？对了，你刚才不是说有件重要的事……”

塞古拉大队长语带谴责：“就是这件事啊！另一件不过是例行公事。请你跟我到惊奇酒吧走一趟。”

“为什么？”

“警方的事，没什么好担心的，只是请你帮个忙，没有别的。”

他们坐进塞古拉大队长的绯红色跑车里，骑着摩托车的警察一前一后保护着他们，林荫大道两旁的擦鞋匠似乎全部聚拢而来。到了惊奇酒吧，两列警察已守在门口两侧。烈阳高挂天空。

摩托车上的警察跃下车来，开始驱散擦鞋匠。另一些警察从酒吧里跑出来，护卫着塞古拉大队长，伍尔摩随后而行。一如平常的这个时候，百叶窗在柱廊上随阵阵海风摇曳。只是酒保这次站错了位置，竟跑到顾客这边来了。他看起来虚弱而且害怕，身后几个破了的酒瓶滴滴答答滴着残液，里面的酒大半被洒掉了。地上有个人被警察们的身体遮住了，但他的鞋露了出来——看起来厚重且饱经风霜，主人该是个没什么钱的穷老头吧！

“这只是个形式上的指认程序。”塞古拉大队长说。

伍尔摩几乎用不着看脸就猜到那是谁了，但他们还是为他清出一条路来，好让他清清楚楚地看到海斯巴契医生。

“是海斯巴契医生，”他说，“你和我一样认得他。”

“但依规定必须有第三者指认。”塞古拉大队长说。

“谁杀的？”

塞古拉说：“谁晓得？看来你需要喝杯威士忌，酒保！”

“不，给我一杯鸡尾酒吧，我们在一起时都是喝鸡尾酒。”

“有个人带了把枪进来，第三枪才射中他。当然我们会说那是奥伦特反叛军干的，这一招用来左右国外视听很管用——搞不好还真是反叛军干的呢。”

地板上那张空无表情的脸庞朝上望着，要说那种不痛不痒是种平静或幽闷都不对，那只是仿佛一切都归为零，什么也没发生过，一张初生的脸。

“下葬的时候，别忘了把他的钢盔放进棺材里。”

“钢盔？”

“你会在他的屋子里找到一件老旧的制服，他是个怀旧的人。”

说来荒谬，海斯巴契医生在两次世界大战中出生入死、幸存无恙，最后却在这所谓的和平时期死去，而且死法正如他在索姆[1]九死一生时的相同情况。

“你很清楚这与反叛军无关。”伍尔摩说。

“这样比较好说。”

1　法国北部省份，第一次世界大战期间曾发生了著名的索姆河战役。

“又是顽皮鬼干的好事。”

“你别太自责了。”

“他警告我不要去参加那个午宴，卡特听到了，每个人都听到了，所以他们就把他杀了。”

“他们是谁？”

“你不就有名单吗？”

“卡特的名字不在上面。”

“去问那个养狗的领班，你可以严刑拷打他，我不会抗议的。”

“他是德国人，而且他有些高层的朋友。他为什么要毒害你？”

“因为他们以为我是危险分子。我？他们什么都不知道！再给我一杯鸡尾酒，通常我会喝完两杯再回店里去。你会把名单给我吧，塞古拉？”

“我会给我的岳父，因为我愿意信任他。”

人们可以印出各种统计数值，统计成千上万的城市人口。但对城里的每个人而言，所谓城市不过是几条街道、几间房子和几个人罢了。没有了这些，一个城市形同陨落，只剩下悲凉的记忆，那种痛苦就像失去了一条腿般空虚。伍尔摩心想，是时候了，是该整理行囊离开这废墟般的哈瓦那了。

“你知道，”塞古拉大队长说，“这正印证了我所说的。躺在那里的也有可能是你啊，伍尔摩先生！万一遇到这种意外，米莉应该有人保护。”

“是的，这点我懂。”伍尔摩说。

2

当他回家时，在门口站岗的警察已经走了，罗伯兹也不知道溜到哪里去了，他听到鲁迪在房间里烦乱翻弄着他的真空管，气压断断续续撞击的声音环绕屋中。他在床上坐下来。三起死亡事件：一个素不相识名为罗文的男人，一条叫麦克斯的黑狗，一位老医生海斯巴契。而他正是这一切事件的导火线——还有卡特。卡特并不打算致罗文和麦克斯于死地，但海斯巴契医生可就在劫难逃了。那是一种复仇，海斯巴契因为让他活下来而送上一命，这真是彻底违背了摩西戒律。他听到米莉和贝翠丝在隔壁房里谈话，门虚掩着，因此他只隐约听到部分谈话内容。他此刻隐然站在暴力的第一线上，一个他从未到过的异域。他的手上握着他的护照——职业：间谍；个人特征：孤独无依；入境目的：谋杀。造访这处异域不需签证，一切证件都已备足。

而在一墙之外，他听到他所熟悉的语言在交流着。

贝翠丝说："不，我不建议深红色，不适合你的年纪。"

米莉说："学校应该在最后一学期教点化妆的课程。安格妮丝修女只会说'在你耳后滴两滴圣水'。"

"试试这个淡粉红色。嗯，别弄糊了你的唇形，我画给你看。"

伍尔摩心想，我没有砒霜也没有氰化物，而且恐怕再也没有机会和卡特喝酒。当初我应该把那杯威士忌硬灌到他的喉咙里去的。看演员在舞台上杀人当然是说的比做的容易，可是即使如此，那也还需要一把带毒的剑啊。

“好了，你知道我的意思了吧！”

“腮红呢？”

“你不需要搽腮红。”

“你喷的是什么牌子的香水？”

“在风中[1]。”

他们射杀了海斯巴契，但我没有枪，伍尔摩想。枪应该是情报站的基本配备，就像保险柜、赛璐珞纸、电子显微镜和无线电一样，都是必需品。这辈子他从来没有握过枪，不过这问题可以克服……就在他的幻想即将欺近卡特身边时，门缝里传来刚才的对话声。

“我们一起去逛个街，我想你会喜欢‘轻率’，那是勒隆牌的。”

“听起来并没有多少激情。”米莉说。

“你年纪还小，不需要在耳后搽热情。”

“但总得给男人一点鼓励。”米莉说。

“看着他就行了。”

“像这样吗？”

伍尔摩听到贝翠丝笑了出来，他惊讶地望着那道门。他的幻想已驰骋遥远，一时间还回不过神来，几乎忘了自己身在何处。

“你不需要给他们那么多鼓励。”贝翠丝说。

1　法国娇兰的一款香水。——编者注

“我看起来有含情脉脉吗？”

“我会说是情绪压抑。”

“你怀念婚姻生活吗？”米莉问。

“如果你的意思是问我怀念彼得吗，我的答案是‘不’。”

“如果他死了，你会再婚吗？”

“我想我不会等那么久的，他现在才四十岁。”

“嗯，我也认为你会再婚，如果你称它为婚姻的话。”

“没错。”

“但那不是很可怕吗，必须为了生活而结婚。”

“大多数的人结婚时都以为是这样。”

“我觉得我比较适合做情妇。”

“你父亲不会喜欢你这种想法。”

“为什么？如果他再婚的话还不是一样，那个女人不就是他的情妇吗？他希望和我母亲永不分离，这我知道，是他亲口告诉我的。那才是真实的婚姻，即使以后他遇到一个好异教徒，也不能改变这个事实。”

“我对和彼得的那段婚姻也是这种感觉。噢，米莉，别让她们把你弄得这么顽固。”

“她们？”

“那些修女。”

“嗯，她们不是这样告诉我的，完全不是。”

刀子当然永远是列入考虑的，但那得和卡特接近到你不可能接近的距离。

米莉说：“你爱我父亲吗？”

他想，反正我会回来解决这些问题，但现在还有更重要的工作——我必须先找出杀人的方法来。应该有那种手册吧？里面应该有些篇章教人如何徒手格斗。他看着自己的双手，但他信不过它们。

贝翠丝说："你为什么问这个问题？"

"你看着他的眼神。"

"什么时候？"

"他从那个餐会回来的时候。或者只是因为他上台演讲，你替他高兴？"

"是啊。"

"行不通的，"米莉说，"我是说，你爱他的这件事。"

伍尔摩对自己说，如果我杀了他，至少也要为一个干净的理由而杀，我要证明杀人者必遭报应。我不会为我的国家杀人，我不会为资本主义或共产主义或社会民主或福利国家（谁的福利？）而杀人，我杀卡特只因为他杀了海斯巴契。这是家族仇恨，这理由比为了爱国主义或支持某种经济信念去杀人更为充分，无论是爱是恨，我都要以个人的身份去爱去恨，我不再是任何伟大战争中的59200–5。

"如果我爱他，为什么不行？"

"他结婚了。"

"米莉，亲爱的米莉，千万要小心那些陈腐的信条。如果真有一位神的话，他也不会是个死板的神。"

"你爱他吗？"

"我从没这么说过。"

枪是唯一的办法，但我到哪里去弄到一把枪呢？

有人走进门来，他的头连抬都没抬。隔壁鲁迪的真空管还在尖声嚎叫。

米莉说："我们没听到你回来。"

他说："米莉，我要你为我做一件事。"

"你一直在听我们谈话吗？"

他听到贝翠丝说："怎么了？发生了什么事？"

"一桩意外，某种意外。"

"谁？"

"海斯巴契医生。"

"严重吗？"

"是的。"

"他们来通知你的，是吗？"

"是的。"

"可怜的海斯巴契医生。"

"是的。"

"我会找个牧师为他做弥撒，我们认识他几年，就做几堂弥撒。"

他知道他不必对米莉委婉地宣布这个信息，因为对她而言，死亡并非噩耗。在她眼里，所有死亡都是快乐的结局。如果你相信有天堂，那复仇简直是多此一举。但他自己没有这种信仰，对一个基督徒而言，仁慈与宽恕几乎不算是美德，因为它们来得太轻易了。

他说："塞古拉大队长今天来过，他要你嫁给他。"

“那个老男人，我再也不搭他的车了。”

“我要你明天再搭一次，告诉他我要见他。”

“为什么？”

“下棋，十点钟，你和贝翠丝得暂时离开。”

“他会烦我吗？”

“不会，只要叫他来，说我有话和他谈。告诉他把名单带来，他就懂了。”

“然后呢？”

“我们回家去，回英国去。”

等他和贝翠丝独处时，他说：“就这么办，该是结束的时候了。”

“我不懂你的意思。”

“或许我们能够光荣地交出一篇好报告——在这里活动的情报人员名单。”

“包括我们吗？”

“不，我们从来就没有真正活动过。”

“我不懂。”

“我没有情报员，贝翠丝，一个也没有。海斯巴契死得毫无理由，奥伦特山头也没有什么军事基地。”

她还是如往常般不愿轻信。他猜，这段话和其他信息一样仍须归档以供参考，而它的价值亦需接受评估——伦敦总部的评估。

他说：“当然你有责任必须立刻向伦敦报告这件事，但如果你能暂缓到明天以后，我会十分感激。到时候我们或许能够补充一点真实的东西。”

“这是说，如果你还活着的话。”

“当然我会活着。”

“你在计划一些事情。”

“塞古拉握有情报员的名单。”

“那不是你在计划的事。万一你死了的话……”她的声音听起来像是生气了，“还不就是列入阵亡名单罢了。”

“如果我真的怎么了，我不希望你从这些伪造的文件中发现我是一个无耻的骗子，我宁可现在亲口告诉你。”

“但罗文……至少真的有个罗文吧？”

“可怜的人，他一定搞不懂到底怎么回事。不过像平常一样兜风罢了，怎么就死了呢？或许他那天也和平常一样喝醉了，但愿如此。”

“但的确真有其人啊。”

“总得有个名字吧。我一定不晓得从哪里随手取了一个名字，事后自己也忘了。”

“那些图呢？”

“我模拟原子吸尘器画出来的。玩笑结束了，能不能请你帮我拟一封自白书招供一切，由我签名。幸好他们没有伤害特蕾莎。”

她开始大笑，把头埋在双掌中狂笑。她说：“噢，我多么爱你啊！”

“你一定觉得我很蠢。”

“蠢的是伦敦，还有霍索尼。你想想看，如果彼得曾经——

只要一次就好——愚弄过联合国教科文组织，我会离开他吗？但联合国太神圣了，文化会议也一样神圣，他从来没笑过……借一下你的手帕。”

“你哭了。”

“我是在笑。那些图……”

“一个是喷嘴，另一个是快速接合器，我没想到他们会拿去给专家看。”

“不会给专家看的。你忘了，这是个情报组织，我们必须保护情报来源。我们不会把那种文件拿给真正懂的人看，亲爱的……”

“你叫我亲爱的？”

“那是种说话的方式。还记得在热带花园酒店的那个晚上，还有那个唱歌的男人吗？那时候我不知道你就是我的老板，我是你的秘书，只知道你是个好男人，有个美丽的女儿，还有你打算拿那个香槟酒瓶做出疯狂之举来，而我又如此厌倦了理智……”

“但我不是疯子。”

他们说地球是圆的
——我的疯狂执意抗拒。

“如果我是个疯子，就不会在这里卖真空吸尘器了。”

我说黑夜即白昼，
而我一无所图。

“你应该比我忠诚吧？”

“你是忠诚的。”

“对谁忠诚？”

“米莉。有些人会对付钱给他们的人忠诚，或对组织忠诚，那种人我并不想理会，甚至国家对我的意义也不是很重大。一个人的血液里可以有好多的国家。如果人人都对自己所爱的人忠诚，而非对国家，这个世界还会这么乱吗？”

他说：“我想他们会没收我的护照。”

“那就让他们试试看。”

“无论如何，”他说，“是时候结束我们的工作了。”

第五章

1

“请进，塞古拉大队长。”

塞古拉大队长整个人闪闪发亮。他的皮革发亮，铜扣发亮，皮靴发亮，头发上还抹了亮晶晶的发油。他像极了一件精心打造的武器，保养得很好。他说：“听到米莉带来的消息，我实在是太高兴了。”

“我有很多话要跟你谈。先下盘棋如何？今晚我要杀得你片甲不留。”

“这我很怀疑，伍尔摩先生，我还不需要孝顺你、讨你欢心呢。”

伍尔摩放好棋盘，然后在棋盘上摆上二十四瓶威士忌样品酒：十二瓶波本、十二瓶苏格兰。

“这是怎么回事，伍尔摩先生？”

“这是海斯巴契医生的一个点子，我想我们可以这样玩以表追思。吃掉对方一个棋子的时候，就等同于要喝掉一瓶酒。”

“真是个诡异的点子，伍尔摩先生，那等于是，我下得愈好就喝得愈多。”

“然后我便会赶上你——喝酒也是。”

“我还是比较喜欢平常的玩法。”

“你担心输给我吗，塞古拉？或许你头脑不好。”

“我的大脑跟平常人一样，只是有时候喝了酒脾气会不好，我可不想对我未来的丈人发脾气。”

“米莉不会嫁给你的，塞古拉。”

“这个问题我们得好好讨论一下。”

“你那边的棋子是波本，波本比苏格兰要烈，这对我不利。”

“那可未必。不然我拿苏格兰好了。”塞古拉把棋盘对调后，又坐下来。

“为什么不脱下你的皮带，塞古拉？那样会比较舒服些。”

塞古拉把皮带和手枪皮套卸下来，摆在身旁的地板上。

“我放下武器也可以击败你。”他快活地咧开嘴笑。

“你的子弹上膛了吗？”

“当然了，敌人不会让我有时间上膛的。”

“你找到杀害海斯巴契的凶手了吗？”

“还没，他不属于犯罪阶级，这样的凶手最难找。”

“卡特呢？”

“听了你的话后，我自然是去查过了。结果他有不在场证明，当时他和布劳恩博士在一起。我们可不能质疑欧洲贸易协会理事长的话，不是吗？”

“布劳恩博士也在你的名单上吗？”

“那自然是。开始玩吧？”

每个玩棋的人都知道，棋盘上有条想象的线，一条从棋盘一角拉到对角的线，那是一条攻击路线，谁先掌握了那条线便是占领先机，越过线后便是侵略的开始。塞古拉谈笑用兵，弹指间就为自己建立起攻击的布局，然后穿过棋盘拿了一瓶酒。他肆无忌惮、毫不犹疑，几乎是看都不看棋盘。伍尔摩则屏息敛气，陷入沉思。

“米莉呢？”塞古拉问。

“出去了。”

“你那迷人的秘书呢？”

“和米莉在一起。”

“你有麻烦了。”塞古拉大队长说。

他直捣伍尔摩的防御基地，拿起一瓶老泰勒。

“第一瓶。”说着便一饮而尽。

伍尔摩鲁莽地展开钳形攻势响应，结果是立刻输掉另一瓶酒。塞古拉的前额冒出了几滴汗珠，喝完酒后清了清喉咙道：“伍尔摩先生，你太大意了。”他指着棋盘，“你应该拿下那个棋子。”

“你可以吃我的棋子啊。”伍尔摩说。

塞古拉第一次露出犹疑不决的样子，说道：“不，我让你吃。”

那是瓶没听说过的威士忌，名叫凯恩戈姆酒，一瓶下肚后，伍尔摩觉得舌头有点刺痛。他们小心翼翼地下了好一阵子棋，谁也没吃谁的子。

“卡特还住在塞维尔·比尔特摩酒店吗？”伍尔摩问。

“是的。”

“你派人监视他了吗？”

“没有，为什么要这么做？”

伍尔摩的钳形攻势早已溃不成军，逐步被逼退到棋盘边缘死角。他又下错了一步棋，使塞古拉得以前进到第二十二格，这下子伍尔摩第二十五格的子已难挽救，也无法阻止塞古拉前进至最后一道防线将死国王的态势了。

“你太不小心了。”塞古拉说。

“这样可以换你一个棋子。”

“可是我吃定你的国王了。”

结果塞古拉又喝了一瓶四玫瑰，另一端的伍尔摩则喝了一瓶海格酒。塞古拉说：“今天晚上真是热。”

说罢，他拿起一张纸片给他的国王做了顶皇冠。伍尔摩说：“如果逮到国王，得喝下两瓶酒。我的橱柜里还有备份。”

“你想得还真周到。”塞古拉说。

这是不是话中有话？伍尔摩想。

塞古拉现在下每一步棋都先琢磨半天，想要引诱他吃棋子已经愈来愈难了。这时候伍尔摩才领悟到这个设计的基本错误，原来一个高明的棋手可能不需要吃什么棋子就赢得了棋。下了半晌，伍尔摩又吃了对方一个子，那显然是个陷阱，当下输赢立判，伍尔摩败了这盘棋。

塞古拉擦擦额头的汗珠：“你看，你赢不了我的。”

“你一定要给我一个报一箭之仇的机会。”

“这种波本很烈呢，酒精纯度八十五。”

“这次我们对调过来。”

这回伍尔摩手上的酒是苏格兰，黑子。他重新换上三瓶苏格兰及三瓶波本。他以老十四开盘，这种走法势将引发一场长期战役，他知道他现在唯一的指望是塞古拉能松懈戒心、大开杀戒。和上一盘一样，他设法被吃掉棋子，但塞古拉不为所动。看来塞古拉已经认清了他真正的对手并不是伍尔摩，而是他自己的脑袋。他甚至没有道理地放弃了一个子，强迫伍尔摩吃下它——一瓶海勒姆·沃克。伍尔摩觉得大脑愈来愈不听使唤，苏格兰和波本混在一起喝简直要命。他说：“给我根烟。”

塞古拉倾身向前为他点火，伍尔摩可以感觉到他要拿稳打火机已经颇为吃力，打火机老弹不开，塞古拉徒然地死命咒骂。

再灌两瓶你就是我的了，伍尔摩心想。

但想把棋子输给不想吃的敌人就跟想吃掉敌人不肯放的棋子一样难。事与愿违，伍尔摩竟然变成占了上风的那一边。他又喝了瓶哈珀酒，还将了对方国王一军。他假意天真地说：“我赢定了，塞古拉。投降吧？”

塞古拉对着棋盘蹙眉头。看得出来他的内心一分为二，一方面想赢棋，一方面想保持清醒，但他的脑子已被愤怒和威士忌所蒙蔽。他说：“这是哪门子的猪头玩法！”

眼前他的国王危在旦夕，他再也无法赢得一场不流血的胜利，因为国王毕竟可以自由行动。接下来他奉献了一瓶肯德基塔温，这是一次衷心的奉献，所以他诅咒起棋子来。“这些该死的瓶子，”他说，“形状通通不一样，都是花玻璃瓶，有谁听说过花玻璃瓶西洋棋的？”

伍尔摩也觉得那些波本酒在他的脑袋里肆意翻搅，但输赢的关键就在眼前了。

塞古拉说：“你动了我的棋子。”

“不，那是红标酒，是我的棋子。”

“老天，我哪分得出什么是苏格兰什么是波本，它们全都是瓶子，不是吗？”

“你输了，所以恼羞成怒。”

“我从没输过。”

说话的当儿，伍尔摩偷偷把棋子移了位，让他的国王暴露在危险中。没有动静。有一刻他以为是塞古拉没注意到，然后又认为他是故意放弃机会以免又得灌酒。然而吃下眼前那个国王的诱惑实在太大了，而且一旦成功了，那就是一场一举歼灭的胜利。只是，他出手后也可能让自己的国王面临险境，然后随之就是一场大屠杀。塞古拉犹疑不决。威士忌的热、夜的闷，融得他整张脸像个蜡娃娃。他无法集中注意力，只是说道：“你为什么那么做？”

“什么？”

“你失去了国王，输了这盘棋。”

“该死，我没注意到！我一定是醉了。”

“你醉了？”

“有一点。”

“我也醉了，你知道我醉了。你故意把我弄醉，为什么？”

“别傻了，塞古拉，我干吗把你弄醉？我们干脆别玩了，算是平手吧！”

“平你的头！我知道你为什么要把我灌醉。因为你要拿名单给我看……我是说你要我把名单拿给你看。”

“什么名单？”

“你们都在我的掌握之中。米莉呢？”

“我告诉过你了，她出去了。”

“我今晚要去见警察首长。我们查得可是滴水不漏呢。”

“卡特在里头吗？”

“谁是卡特？”他在伍尔摩面前摇摇指头，“你也在名单上——但我知道你根本不是，你只是个冒牌货。”

“何不小睡一下，塞古拉，反正我们打平手了。”

“才不算打平手，你看，我这就吃了你的国王。”

他打开那瓶小红标，咕噜咕噜喝了下去。

“一个国王得抵两瓶。”伍尔摩说道，又递给他一瓶杜诺德奶油威士忌。

塞古拉沉沉地陷在椅子里，下巴摇来晃去。他说：“承认你被打败了吧，我不用玩了。”

“我没被打败，我的头脑跟模样都比你清醒，我吃定了你，你快完了。”

刚才是一瓶加拿大裸麦酒混一瓶波本，现在再来一瓶卡尔费特，伍尔摩一仰而尽。他想，这得是最后一瓶了，塞古拉再不醉倒的话，我就要先完蛋了。然后我就没办法清醒地扣扳机了。他说过子弹上膛了吗？

“没关系，”塞古拉近乎耳语道，“你反正不行了。”他的手迟缓地越过棋盘，就好像用汤匙端着一个鸡蛋，“看到了吗？”

他拿了一个子，两个子，三个子……

“喝掉这个，塞古拉。”

一瓶乔治四世，一瓶安妮皇后，这盘棋看来是要以鞠躬尽瘁告终了——一瓶高地皇后。

“你可以再喝的，塞古拉，难道要让我再给你来一次下马威？喝下去。”

Vat六九。

“还有一瓶。喝了吧，塞古拉。”

格兰特史丹佛斯，老阿盖尔。

“喝了它们，塞古拉，我投降了。”

投降的是塞古拉。伍尔摩解开他的衣领，让他透透气，再把他的头舒服地放在椅背上。只是，伍尔摩走向门口时，步履也已摇摇晃晃的。他带了塞古拉的枪在口袋里。

2

到了塞维尔·比尔特摩的酒吧间，他走到电话亭打了通电话给卡特。他必须承认卡特十分镇定，远比他镇定得多。卡特在古巴的任务尚未完成，所以留了下来——做个杀手，也或者充当诱饵吧。伍尔摩说：“晚上好，卡特。”

“哦，晚上好，伍尔摩。”正是那种自尊受伤后的冷漠语调。

“我要向你致歉，卡特，有关威士忌的那件蠢事。我那天实在太紧张了，不过现在也很紧张，因为我向来不习惯跟人家道歉。”

“没关系，伍尔摩，睡觉去吧。”

“很抱歉那天嘲笑你的口吃，好朋友不该那么做的。”他觉得自己的口吻有点像霍索尼。虚情假意是干这行的职业病。

“我好——好像不太懂你的意思。”

“我很——很快就知道不是那么回事，和你一点关系也没有。那个可恶的领班毒死了他自己的狗。它的确是很老了，但是喂它有毒的食物，说来也不是个让狗安眠的好方法。”

“嗯，原来是这么一回事，谢谢你告诉我，但时间不早了，我要去睡觉了，伍尔摩。”

“人类最好的朋友。”

“什么？我听不见。”

“凯撒，国王的朋友，还有那个头发乱糟糟、掉到日德兰半岛的人。最后被人发现他和他的主人躺在桥上。”

“你喝醉了，伍尔摩。”

伍尔摩发现，现在要他装醉简直是不费吹灰之力，毕竟他喝了——是几瓶苏格兰和波本？你可以信任喝醉了的人，所谓酒后吐真言嘛。当然你也可以轻易处理掉一个醉醺醺的人。如果卡特不懂得利用这个机会的话，那他真是个大傻瓜。

伍尔摩说：“我想去一些地方逛逛。”

“什么地方？”

“来哈瓦那该去见识见识的地方。”

“现在太晚了。”

“现在正是时候。”

卡特没搭腔，他的迟疑沿着电话线传过来。伍尔摩再加一句：“带把枪。”

他突然不情愿去杀一个徒手的人——如果卡特偏偏刚好没带枪的话。

“带枪？为什么？”

“以防在某些地方遇上麻烦。”

“你自己不能带吗？”

“我没有枪。”

“我也没有。”

他明明听到话筒里传出检查枪膛的铿锵声。看来他们是势均力敌，他微笑起来。但是微笑之于复仇是危险的，就像它对爱的行动是危险的一样。他必须让自己记起海斯巴契死去的模样，他躺在酒吧的地板上，向上直望。他们未曾给过这个老人一点机会，而他自己对卡特则已经太宽厚了。他开始后悔自己喝了那么多酒。

“我们在酒吧碰面。”卡特说。

“别让我等太久。”

“我总得穿一下衣服。”

伍尔摩对幽黑的酒吧很满意。他猜想卡特正在打电话通告他的同党，甚至号召了一批人马过来。但幸运的是，这里光线相当暗，他们不可能在他看见他们之前认出他来。

这酒吧有两个出口，一个通街上，一个通饭店，后面还有一个露台，万一他必须开枪，便可以靠它逃命。这里光线很暗，每个人进来后都必须等候一段时间才看得见东西，他刚才也是如此。方才初进来时，他根本看不清楚里面是有一位客人还是两位，因为那两个人被门口旁的那座沙发给围起来了。

他叫了杯威士忌，但是滴酒未沾。他就坐在露台上，紧盯着两个入口看。有个男人走进来，他看不清他的脸，但从他轻拍烟袋的样子，他认出那是卡特。

“卡特。”

卡特走过来。

“我们走吧！”伍尔摩说。

“你慢慢喝你的酒，让我喝完一杯再跟你去。”

“我已经喝太多了，卡特，我需要一点空气，到妓院去再喝吧。”

卡特坐下来。

“告诉我，你要带我到哪里去？”

“随便一家妓院，反正它们都一样，有成打的女孩列队任你挑选。好了，走吧，那种地方过了午夜人就很多了。”

卡特紧张地说：“我想先喝杯酒再去，去那种地方我总不能冷静得像颗石头。”

“你在等人吗，卡特？”

“没有啊，为什么这么问？”

“我以为——你看着门口的样子……”

“我跟你说过，这个城里我连个鬼也不认识。”

“除了布劳恩博士。”

“嗯，当然，布劳恩博士，但他不是个逛妓院的好——好伙伴，不是吗？”

“走吧，卡特。”

卡特不情愿地站了起来，他显然想找个留下来的借口。他说：“我想留个口信给酒保，我在等一通电话。”

“布劳恩博士的电话吗？”

“是的，”他回答得有点迟疑，“没接到他的电话就出门去，好像不太礼貌。等我五分钟，好吗？”

“你告诉他我们一点才会回来——除非你想玩通宵。”

“你可能得等一会儿。”

“那我就自己去算了。你真不够意思，卡特，我还以为你真想瞧瞧这个城市。”他快步走开了，车就停在对街。他没有往后看，但听到卡特的脚步声跟了上来。事实上卡特生怕错失这次机会，其程度更甚于伍尔摩。

“伍尔摩，你怎么生那么大的气。”

“很抱歉，喝了酒的关系。”

“希望你够清醒，能够开得稳车。”

“如果你来开的话，可能更好些。”他想，那至少能让他的手没办法伸到口袋里去。

“先右转，再左转，卡特。”

他们上了大西洋沿岸大道。有艘孱弱的小白船正起航离港，有些观光船则要去金斯敦或太子港。一对对情人倾靠在船栏上，在浪漫的月光下温存。乐队款款奏起褪了色的老式情歌《我可以彻夜起舞》。

“这首歌勾起我对老家的思念。”卡特说。

“诺维奇吗？”

“是的。”

“诺维奇没有海。”

“在我小时候，河面上的游船看起来就跟这艘船差不多大。”

杀手没有思乡的权利，他们应该如同机器，而我也必须变成冷血的机器……伍尔摩触摸着口袋里的手帕，心想：它该用来擦拭作案留下的指纹，而不是眼泪。

但该如何选择下手的时机呢？在哪条街或哪个门口？而且万一对方先开枪的话……

“卡特，你的朋友大多是哪一国人？俄国，德国，还是美国？”

“什么朋友？”他简单地加了一句，“我没有朋友。”

“没有朋友？”

“没有。”

“再向左转，然后向右。”

他们缓缓进入一条窄巷，长长的巷道里全是成列的夜总会。地底下传来乐手们的谈话声，听来宛若鬼魅，而石板道下的乐音，则喧嚣犹如神祇起驾。两个身穿古巴夜总会制服的男人在对街竞相朝他们行九十度的鞠躬。伍尔摩说：“先在这儿停下来，我想喝杯酒再去。”

“这些都是妓院吗？”

“不是，那里我们待会儿再去。”

他想，卡特若趁他下车时来抢他的枪，那他就有理由开火了。卡特问：“这地方你熟吗？”

“不，不过这首歌我倒很熟。”

真是巧，夜总会里正播放着《我的疯狂执意抗拒》那首歌。

夜总会外面张贴着大幅彩色美女裸照，还有一个它们通用的国际词语，用霓虹灯大大摆出“脱衣舞”的字样。廉价睡衣风格的条纹图案阶梯，引领他们通向烟雾弥漫的地下室。

这是个进行处决的大好场所，但他得先喝杯酒。

“你走前面，卡特。”

卡特犹疑不决，他张开嘴巴，大口喘着气，伍尔摩没看过他口吃得这么严重：“我好——好——好——好希望……”

“希望什么？”

“没什么。”

他们坐下来看脱衣舞秀，两个人都喝了白兰地加苏打水。一个女孩穿梭在座位间，扭动着褪下一件件衣服。接着她开始摘下手套，一个观众认命地看着他们这两个幸运儿。她把背转向卡特，示意要他为她解下那身黑色蕾丝束身褡。卡特颤抖着双手，试了半天还是摸不到拉链，那女孩咯咯笑个不停，身体在他的手指下扭动着。卡特羞红了脸。他说：“对不起，我找不到……”

满室郁闷的男人只是坐在桌边死瞪着卡特看，没有人笑。

“看来你在诺维奇没什么练习的机会，卡特。让我来。”

“你别管我，行不行？”

最后他终于解开了那件束身褡，女孩回身搔乱了他的一头细发，这才放过他走开去。他从口袋里拿出梳子来把头发弄平整。

“我不喜欢这个地方。”他说。

“卡特，你对女人很害羞呢。”

他怎么下得了手杀害这么一个好笑的人呢？

"我不喜欢脱衣舞。"卡特说。

他们爬上一楼离开了。卡特的口袋看起来鼓鼓的，当然那也可能是他的烟斗。他坐上驾驶座抱怨道："什么地方都可以看得到那种表演，反正是婊子脱衣服罢了。"

"你可没帮上她多少忙。"

"我是在找拉链。"

"我太想喝酒了，所以才会到那里去。"

"那白兰地也很烂，说它掺了假酒我绝对相信。"

"你的威士忌比掺假酒还糟，卡特。"

他想激怒卡特，好让自己忘了他刚才在解束身褡时的那副手忙脚乱及羞怯难堪的样子。

"你说什么？"

"在这里停。"

"为什么？"

"你想到妓院里看看，这就是了。"

"但这里没有什么啊！"

"它们都是门窗紧闭的，去按门铃吧。"

"你刚才说威士忌是什么意思？"

"先别管那个了，下车去按铃。"

这里和地窖里一样适合杀人（有四面空墙，常被用来做这种事）：灰色外观，街上没什么人，只有想干坏事的人才会进来。卡特慢慢挪移驾驶盘下的双腿，伍尔摩则仔细盯着他的手，那双笨笨的手。这是场公平的决斗，他告诉自己。他比我还习惯杀人，所以机会是够平等的了。我甚至连枪有没有上膛都不确定，说起来他可比海斯巴契幸运多了。

卡特把手放在门把上又迟疑了下来。他说："改天再来或许比较好。我好——好——好……"

"你害怕了，卡特。"

"我从来没进过妓院。老实告诉你，我不很——很——很需要女人。"

"看来你的生活蛮寂寞的。"

"我不需要她们。"他不屑地说，"对男人而言，还有很多更重要的事要追求……"

"那你为什么答应要来？"

再次的，他的坦率令伍尔摩感到惊讶。

"我试着要她们，但到了紧要关头……"他在坦白边缘踌躇未定，但旋即不顾一切说了出来，"就不行了，伍尔摩，我就是没办法满足她们。"

"下车去。"

伍尔摩心想，在他对我吐露更多隐私之前，我一定要赶快杀掉他。这个男人分分秒秒愈来愈像个人，像个值得同情、怜悯而不该死的人。谁能知道每次暴力行动的背后，都怀藏着什么样的借口？他拿出塞古拉的枪。

"怎么了？"

"出去。"

卡特站在妓院门口，脸上的表情与其说是害怕，不如说是责怪。他害怕的是女人，不是暴力。他说："你错了，是布劳恩给我那瓶威士忌的，我只是个不重要的角色。”

“我不在乎威士忌的事。不过是你杀了海斯巴契，对不对？”

伍尔摩再次感到惊讶，这个男人秉性诚实。

“我只是奉命行事，伍尔摩，我——我——我……”

他边说边暗中移动身体，用手肘按了门铃，屋内深处铃声响起，通知有客人上门来了。他靠在门上说：“其实我对你并没有敌意，伍尔摩。只是你太危险了，如此而已。其实你我都只是听命于人的小卒。”

“我危险？你们真是太好骗了。卡特，我根本连一个情报员也没有。”

“有的，你当然有。那些山上的军事基地，我们有你那份图的副本。”

“哈，那些不过是吸尘器的局部放大图罢了。”

他怀疑到底是谁把图提供给他们的，罗伯兹？霍索尼的信差？或者是大使馆的人？

卡特的手伸向口袋，伍尔摩立即开了一枪。卡特尖叫一声，大惊失色道：“你差点就射中了我！”他从口袋里抽出手，里面是一团碎烂的烟斗。他说：“我的登喜路[1]！你毁了我的登喜路！”

“算你走运。”伍尔摩说。他已经撑过这一回，没有气力再开下一枪了。

这时候卡特身后的门开了，传来一阵荡气回肠的音乐声。

“进去吧，里头的人会招呼你，或许你现在就需要女人了，

1　此处指烟斗。登喜路，英国奢侈品品牌。

卡特。”

“你——你这个小丑。”

卡特说得对极了。他把枪放到旁边，坐到驾驶座上。突然间他觉得好快乐。他刚才差一点就杀了人。他终于向自己证明他不是个审判者，也不是个天生的暴力分子。

然后，卡特开枪了。

第六章

1

他对贝翠丝说："那时候我正好往前倾身去发动引擎，我猜那个动作救了我一命。他当然有权回我一枪。这是场真枪实弹的决斗，最后第三枪轮到我射击。"

"后来呢？发生了什么事？"

"我在快要呕吐之前开车离开那里。"

"呕吐？"

"我想，如果我参与过世界大战，可能就不会觉得杀人是一件大不了的事……可怜的卡特。"

"你为什么这么同情他？"

"同样身为男人吧。我知道很多他个人的事。他解不开女人束身褡的扣子，他害怕女人，他宝贝他的烟斗，还有他小时候在家乡河上看到的小船，让他感觉就像渡轮一样大。或许他是个浪漫的人。浪漫的人总是心存恐惧，害怕事情不如预期。他们的期望总是太高了。"

“然后呢？”

“我擦掉枪上的指纹，把枪带回来，物归原主。当然塞古拉早晚会发现他的枪少了两颗子弹，但我想他应该不会声张。这种事他很难解释得清楚。我回来的时候他还在睡，我简直不敢想他现在感觉如何，因为我的头可是又昏又痛。但回来后，我还是遵照你的指示制作了相片。”

“什么相片？”

“他身上有一份要交给警察首长的外国情报员名单，我把它拍了下来，再把名单放回他的口袋里。我很高兴在辞职前终于寄出一份真实的报告。”

“你应该等我回来的。”

“怎么能等？他随时都会醒过来。不过这种显微技术真的很奇妙。”

“你为什么非得用显微摄影不可？”

“因为我们不能信任到金斯敦去的那些信差，卡特的人——不管他们是谁——有我们奥伦特的那些图，可见这里有双面间谍。或许是你的人把它藏在毒品里走私出去的。所以我照你教过我的方法拍下名单，把它贴在一张邮票后面，和另外四百九十九封英国殖民地信件一起寄出去，就如我们平常安排紧急信件时一样。”

“我们得发电报告诉他们你贴在哪一张邮票上。”

“哪一张邮票上？”

“你总不会要他们为了找一个小黑点而搜上五百张邮票吧？”

“我没想到这一点。我真是太笨了。”

“你应该知道是哪一张……”

“我也没想到要看正面的图案，我想应该是乔治五世，背景是红的——又好像是绿的。”

“这应该有点帮助。你记得名单上有些什么名字吗？”

“不记得，我没有时间好好看。我知道对于这种事，我简直是个笨蛋。”

“不，笨的是他们。”

“不晓得接下来会是谁找上门来？布劳恩博士、塞古拉……”

结果不是他们两个。

2

隔天下午五点的时候，有个在大使馆工作的职员，态度傲慢地走进伍尔摩的店里来。他直挺挺地站在吸尘器当中，表情就像一个失望的观光客伫立在博物馆的阳物展览品前面。

他告诉伍尔摩，大使要见他。

“明天早上可以吗？”伍尔摩正在撰写最后一份报告，关于卡特的死以及他自己的辞呈。

“不，不行。他刚才从他家里打电话来说，要你现在直接过去。”

“我又不是他的员工。”伍尔摩说。

“不是吗？”

伍尔摩再次光临那个白色小洋房和九重葛交织的高级住宅

区。想一想，距他上次造访桑兹教授至今，也有一段时日了。他的车经过了一栋栋的房子。在那些美丽的白色屋墙后，还有多少争吵在翻腾不休？

他有种感觉，似乎大使家的每个人都已引颈等候他多时，虽然门厅及一楼的楼梯皆已在他出现时完全清场——一楼有位女士转过背去，把自己关进一个房间里，他猜想那就是大使夫人；两个小孩从二楼平台的栏杆缝里窥看他，然后被一阵喀啦喀啦的鞋跟声给赶走；管家领他进入一个空无一人的客厅，然后悄悄地把门关上。透过落地窗，他看到一大片绿草地，其间点缀着几棵亚热带植物，然而恍惚中，他似乎看到树间有个人影窜过。

这房间和一般大使的客厅一样，集结了前人留下来的大家具，还有一些个人在前任国家搜集来的小物件。伍尔摩几乎可以描绘出大使的过去：德黑兰（一支奇形怪状的烟斗，一顶丝质高硬帽）、雅典（两三幅希腊正教圣像），还有一个令他困惑的非洲面具，或许是来自蒙罗维亚[1]？

大使进来了，一个高高冷冷的男人，打了个禁卫军式的领结，身上有一种霍索尼应该会想要的特质。

他说："请坐，伍尔摩。抽烟吗？"

"不，谢谢你，先生。"

"你坐那张椅子会比较舒服。我想我们就有话直说吧，伍尔摩——你有麻烦了。"

1　利比里亚的首都。——编者注

“是的。”

“我不知道——完完全全不知道——你在这里是做什么的。”

“我卖真空吸尘器，先生。”

大使以一种毫不掩饰的厌恶看着他：“真空吸尘器？我指的不是这个。”

他把眼光从伍尔摩身上移开，依次看着波斯烟斗、希腊圣像，还有利比里亚的面具，这些都是他美好过去的证明，就像是一本个人传记。

他说：“昨天早上塞古拉大队长来找我。我先声明，我不知道警方是怎么取得这些信息的，那不关我的事。他告诉我，你寄了很多报告回英国去，给一个身份不明的家伙。我不知道你到底是寄给谁，那也不关我的事。他说事实上你是以虚构的情报赚取酬劳，我有责任即刻通知外交部这件事。我想你会收到命令要你回英国去，并且向——我也不知道你得向谁报告，这种事和我一点关系也没有。”

他看到窗外的某株大树后头有两颗小脑袋直向他望来。我们在你看我我看你，他童心大起地想着。然后他说：“所以呢，先生？”

“我所得到的印象是，塞古拉大队长认为你在这里惹了不少麻烦。我想如果你拒绝回英国去的话，古巴当局会找你麻烦，而我在这种情况下也爱莫能助，一点忙也帮不上。塞古拉大队长甚至怀疑你伪造了一份名单，还假称那份名单是他的。这整件事情真是令我感到生气，伍尔摩，我无法告诉你我是多么生气。向本国政府报告有关国外的正确消息，应该是大使馆的职责，那是我们的使命。而这种所谓的秘密情报，只会给我们外交人员惹麻烦哪。”

“是的，先生。”

“我不晓得你是不是听说了——我们已经把这个案子压了下去——有个英国人在前几天晚上被枪杀身亡。塞古拉大队长暗示说，你和他好像有点牵连。”

“我和他在一个午餐场合上碰过面，先生。”

“你最好回英国去，伍尔摩，尽可能搭第一班飞机回去——你的动作愈快对我愈好——然后去和你们的人讨论讨论，不管他们是谁。”

“是的，先生。”

3

荷兰航空飞机预定在清晨三点三十分起飞前往阿姆斯特丹，途经蒙特利尔。伍尔摩不准备去金斯敦了，霍索尼可能会指示他去会面。在送出最后一封电报后，情报站的工作就算是告一段落。鲁迪和他的皮箱都要转到牙买加去，密码书在赛璐珞纸的催化下化为灰烬。贝翠丝要和鲁迪一道走，罗伯兹则留下来负责真空吸尘器的生意。伍尔摩所珍视的所有私人物品都放进一个大板条箱，打算用海运运回英国。马卖掉了——卖给了塞古拉大队长。

贝翠丝帮他打包，最后放进箱子的是圣瑟拉菲娜像。

“米莉一定很不高兴。”贝翠丝说。

“她好得很。她说这就像吉尔伯特[1]一样，神不管在英国或在古巴都同样接近她。”

“吉尔伯特好像不是那样说的。”

还有一堆与情报无关的垃圾要烧。贝翠丝说：“哇，你竟留了这么多照片——她的照片。”

“我以前总觉得，毁掉一个人的照片，就像杀了一个人一样。当然我现在知道那是截然不同的两回事。”

“这个红盒子里是什么？”

“她给过我一些链扣，链扣被偷了，但这个盒子我还留着。我也不知道为什么。不过现在我很高兴这些东西终于可以清理干净了。”

“一个生命的终结。”

“应该是两个生命吧。”

“这是什么？”

“一份旧节目单。”

“还不算旧，热带花园酒店的，我可以把它留下来吗？”

“你还这么年轻，不要养成这种习惯，”伍尔摩说，“东西会愈积愈多，很快你就会发现到处都是些没有用处的箱子，自己反而没有容身之处了。”

“我愿意冒这个险，那是个美妙的夜晚。”

1 汉弗里·吉尔伯特（Humphrey Gilbert，1539—1583），英国军人、航海家、探险家和海盗、纽芬兰的征服者，英国国会议员。

米莉和伍尔摩到机场去送她。鲁迪谨慎地跟着扛行李箱的人先走了。那是个炎热的下午，三五成群的人站着喝鸡尾酒。自从塞古拉跟她求婚后，米莉的姆妈角色就消失了。而那个纵火烧艾尔的小女孩，他渴望再次重见的小女儿，也就此一去不复返了。米莉仿佛同时从那两个角色中挣脱而出长大成人。

她很有技巧地说："我去帮贝翠丝找一些杂志在飞机上看。"说着便跑到杂志架那边忙活起来，背对着他们。

"很抱歉，"伍尔摩说，"回英国去后，我会告诉他们你并不知情。我在想，你下回不晓得会被派到哪里去。"

"可能是波斯湾，巴士拉。"

"为什么是波斯湾？"

"涤罪的好地方啊，在汗水和泪水中重生。菲氏吸尘器公司在巴士拉有代理商吗？"

"恐怕他们不会要我了。"

"那你打算做什么？"

"我的钱存得够多了——感谢可怜的罗文——够米莉在瑞士完成学业。但之后我就不知道了。"

"你可以开一家恶作剧道具店，专卖那种吓人的东西，像喷出来的墨汁、糖块上的苍蝇等。你应该走了。"

"我们会再见面吗？"

"我会努力让他们不要把我派去波斯湾，也会努力争取留在杰金森小姐身旁当打字员。平常幸运的话，我六点就可以下班，我们可以去喝咖啡吃点心，然后一起去看电影。不过和在这里比起来，那种生活真是无趣，就像联合国教科文组织和其中的现代作家一样。和你在这里的生活真是有趣。”

“是啊。”

“我现在得走了。”

他在杂志架那里找到米莉。“走吧。”他说。

“可是，贝翠丝——我还没把杂志给她。”

“她不需要的。”

“我还没有跟她说再见。”

“太迟了，她已经进海关了。或许你可以在伦敦见到她吧。”

4

当天之后，他们似乎把所有时间都花在不同的机场送行上。然后再次是荷兰航空，凌晨三点。机场广告牌的霓虹灯及地上的照明灯，将天空映得粉澄澄的。

前来“送行”的是塞古拉大队长。他虽想把这套官方礼仪表现得像是私人情谊，但仍免不了有一丝放逐出境的味道。

塞古拉埋怨地说：“是你逼我这么做的。”

“至少你的手段要比卡特和布劳恩博士温和得多。你要如何处置布劳恩博士？”

“他突然发现他必须回瑞士一趟，处理他那些精密仪器。”

“然后搭船前往莫斯科？”

“不一定，或许是波恩，或华盛顿，甚至布加勒斯特，我不知道。不管是谁，反正看到你那些图都会笑得合不拢嘴。”

“图？”

“奥伦特山顶的军事基地图。此外，他还会因为解决了你这位棘手的情报员而记功。”

“我？”

“没错。古巴少了你们这两个人应该可以平静些了。但我一定会想念米莉的。”

“米莉永远不会嫁给你的，塞古拉，她其实很不喜欢人皮制的香烟盒。”

“你知不知道那是谁的皮？”

“不知道。”

“一个警察，他把我父亲凌虐致死。他是个可怜的人，属于可折磨的阶级。”

米莉带着《时代》《生活》《巴黎竞赛画报》及《快速》等杂志回来了。时间是三点十五分，照明滑道的上空出现了灰色云带，曙光将露。飞行员走向飞机，空中小姐紧随其后，伍尔摩认出当中三个人来——在热带花园酒店那晚，他们就坐在贝翠丝身边。扩音器用英语和西班牙语发布前往阿姆斯特丹的三九六班次即将起飞。

“我有礼物要送给你们。”塞古拉说。

他给了他们两个小包裹。当飞机划过哈瓦那上空时，他们把礼物打开来看。飞机机轮下，串行成线的军舰灯火，瞬时淹没在无穷的黑暗中，沉静的海洋恍如一帘布幕，掩着乍然过眼的一切。在伍尔摩的包裹里是一瓶名贵的样品酒——格兰特史丹佛斯，还有一颗从警枪里发射过的子弹。米莉的包裹里是一双迷你的银色马靴，上面有她的姓名缩写。

“为什么送你子弹？”米莉一脸困惑。

“嗯，是一种很暧昧的玩笑。总之，这家伙不是个坏人。”伍尔摩说。

“但不适合做丈夫。”长大了的米莉回答道。

伦敦后记

1

当他报上名字的时候，他们都好奇地打量着他。然后他们把他请进电梯。令人惊讶的是，电梯竟然是往下降而非往上升。现在他坐在一个地下室的狭长通道上，盯着一扇门上的红灯。他们告诉他，当红灯转绿时，他才能够进去。但有些人在门里门外进进出出，毫不在意那盏灯。那些人有的拿着文件，有的提着公文包，有一个还穿着制服，是一位上校。没有人看他一眼，他觉得自己令他们发窘。他们对他视而不见，当他是个畸形人似的，但他想不是因为他的跛脚。

霍索尼出了电梯走下通道来。他看起来挺邋遢的，像是整夜和衣而睡，或许他才老远从牙买加搭了一整晚的飞机回来。要不是伍尔摩叫住他，他恐怕也和其他人一样没注意到伍尔摩。

“哈啰，霍索尼。”

“哦，是你，伍尔摩。”

“贝翠丝安全抵达了吗？”

“是的，当然。”

“她在哪儿，霍索尼？”

“我不知道。”

“这里怎么搞的，看起来像是军事法庭一样？”

“它就是军事法庭。”

霍索尼神色冷峻，说完话就从灯下进门去。时间是十一点二十五分，他们召他来的时间是十一点。

伍尔摩想道，就算他们能完成审判，但除了开除他之外，他们还能拿他怎么样？他们现在一定是在里头研商此事。若想要以《公务员保密条例》控诉他，恐怕于法无据——他是假造了情报，可是他没有泄露情报。就算他们可以阻挠他在国外的就业机会（他这个年龄在国内已不容易找到工作），伍尔摩反正绝对不会把钱还给他们。那些钱是要给米莉的。他觉得那些钱是他挣来的，靠他有能耐把自己搞成卡特必须毒死及射死的对象。

十一点三十五分，上校出来了。他看起来情绪激动，气冲冲地走向电梯。伍尔摩心想，里面可能是一位刽子手法官。有个穿着苏格兰粗呢的人随后出现，他有双湛蓝的眼睛，浑身水手的气息。他看了伍尔摩一眼，又马上把眼光移开，像是个正直的人。他叫道“等等我，上校”，便旋身一转奔向走道，就好像在狂风暴雨的小桥上疾奔回家那般。下一个出现的是霍索尼，他和一位年轻男子在交谈。突然，伍尔摩心口一紧，因为那门上的灯已转绿，而且贝翠丝就在他面前。

“你可以进去了。”她说。

“判决如何？”

“我现在不能跟你多讲。你住哪儿？”

他把地址告诉她。

“如果可以的话，我六点去找你。”

“我明天一早就要被处决了吗？”

“别担心，进去吧，他不喜欢等人。”

“你的情况呢？”

她说：“雅加达。”

“那是哪里？”

“世界的尽头，”她说，“比波斯湾还远。请进吧。”

有个戴着单眼黑眼罩的男人独自坐在一张桌子后面。他说：“坐下，伍尔摩。”

“我比较习惯站着。”

“嗯，这是句引用语，对吗？”

“引用语？”

“我确定我在某出戏里听过这句话，不过那已经是很多年前的事了。”

伍尔摩坐下来，然后说道：“你无权把她送到雅加达去。”

“把谁送到雅加达？”

“贝翠丝。”

“她是谁？嗯，就是你的那个秘书？我真是讨厌这些教名。这件事你得找杰金森小姐商量，是她负责秘书组，不是我，感谢主。”

“这一切都不关她的事。”

“一切？听着，伍尔摩，我们已经决定结束你的情报站。但问题来了——我们该怎么处置你呢？”

终于来了，从那个上校的表情判断，随之而来的一定不是什么好事。主席把他的眼罩拿下来，伍尔摩很惊讶地看到一只洋娃娃般的蓝眼睛。他说：“我们认为在这种情况下，你最好留在英国，当我们的训练人员，做教学工作，教导成员如何在海外建立情报站等等。”他的表情看似咽下了什么不舒服的东西。他继续说：“当然，每当有人从海外情报站退休下来，我们都会推荐他接受勋章表扬。以你的情况而言——你待在那儿的时间并不长——我们顶多只能建议颁给你大英帝国官佐勋章[1]。”

2

他们在高尔街一家叫潘德尼斯的便宜饭馆为对方正式接风。两人坐在一堆杂乱无序的绿椅子中。

“我可能没办法买酒请你，”他说，“这里禁酒。”

“那你为什么到这里来呢？”

“我小时候常常和父母来这里，我那时候根本不了解什么是禁酒，所以对我没什么差别。贝翠丝，到底怎么回事，难道他们疯了不成？”

“他们的确很生我们两个的气，他们认为我早就应该察觉出事有蹊跷。主席郑重其事地召开这场会议，他在战争部、海军

1 官佐勋章（Officer），大英帝国勋章中的第4级，简称“OBE”。——编者注

和空军的联络人都出席了。他们把你的报告摊开在面前，逐份讨论。《共产主义在政府的渗透力》这篇，没人反对递个条子给外交部撤销这份文件。有些经济方面的报告，他们也同意宣告无效，反正只有经贸委员会会在意那些东西。直到讨论到军事情报时，他们才开始有切身的感觉。有份报告提到古巴海军内部的不满情绪以及潜艇的燃料供应站。指挥官说：‘这里头总有些是真的吧。’我说：‘看看数据提供者，这个人根本不存在。’‘我们应该多搞些这种蠢报告，’指挥官说，‘他们将会很乐意对海军情报中心造成一击。’但一讨论到军事基地的事时，气氛又凝重了起来。”

“他们真的相信那些图吗？”

“所以他们接着把矛头指向可怜的亨利。”

“我不喜欢你叫他亨利。”

“他们先是责备他从没提过你在卖真空吸尘器，反而说你是什么商务领袖之类的。对于这一点，主席没说什么，他看起来反倒有点困窘。但总之是亨利——我是说霍索尼——提供了档案，里面写着数据。当然他们没有追究到杰金森小姐的部门。他们又说他在看到图的时候，早该认出那是真空吸尘器的结构图。他说他的确那么想过，但把真空吸尘器的结构应用到武器上也不无可能哪。最后他们都为你的大胆感到震怒——除了主席之外。有那么一刻，我还觉得他好像感觉挺有趣的呢。他告诉他们：‘我们要做的事很简单，我们必须通知海军、空军和战争部，让他们知道这六个月来哈瓦那方面的情报完全不可靠。’”

“可是，贝翠丝，他们给了我一份工作。”

“这道理很简单。听了主席的话，指挥官头一个受不了，或许海上生涯让他较有远见吧。他说这么一来，以后海军将只信任海军情报中心，他们所专属的这条情报网就等于毁了。上校接着说：‘如果我把真相告诉战争部，我们都得卷铺盖走人。’讨论陷入僵局。最后主席说，最简单的解决方法是再多制造一份来自59200-5的报告——奥伦特山头的军事基地已证实运作失败，已经全面撤除。接下来只剩你的问题。主席认为你有许多宝贵的经验，应留给当局使用，而不是大众媒体——近来已有太多人撰写情报生涯回忆录。有人提到公务员保密条例，但主席认为那不适用于玩交互诘问那一套，所以我发表了一番谈话。”

“你说了些什么？”

“我告诉他们，即使知道实情，我也不会阻止你的。我说你是为一件重要的事情而打拼，而不是为了某个人主张会有一场或许永远不会发生的全球大战才努力的。那位穿着很像上校的笨蛋说了一堆‘你的国家’什么的论调。我说：‘你所谓他的国家是什么意思？是指二百年前设计的一面旗子吗？还是为了离婚制度辩得面红耳赤的主教团，甚至是老在互相咆哮的下议院？或者你指的是工会、英铁和消费合作社？偶尔停下来想一想的时候，你可能认为是你的军团。不过，我们可不属于任何军团——他和我。’他们企图阻止我说下去，但我不管。‘噢，我差点忘了，还有比国家更伟大的东西嘛，是不是？你们三句话不离国际联盟、北大西洋公约组织、联合国、东南亚公约组织。但对我们这些平常百姓来讲，它们和美国、苏联都一样遥远啊。别再说你们要争取的是和平、正义和自由，这我们不会再相信了。争取什么自由？你们不过是考虑自己的前途罢了。’我告诉他们，我认同四十年代的那些法国军官，他们忠于自己的家庭，而不把高官厚禄摆在第一位。一个家庭还要比那些国会议院系统更像一个国家呢。”

“我的天哪，你真的说了那些？”

“是呀，洋洋洒洒的一篇演说。”

“你自己相信那些话吗？”

“也并非全部吧。我们并没有太多机会去相信——或是不相信，不是吗？我不相信有任何事物的价值大于家庭，或有任何事物的界限比人类更为模糊。”

“任何人类？”

她一字未答，站起身来快步走开，看得出来她几乎是要哭了。要是十年前，他可能会马上起身追她而去，但他现在已背负有中年人悲哀的谨慎。他看着她走进阴暗的室内，心想：“亲爱的”恐怕真的只是一种说话方式。我们之间相差有十四岁，而且还有米莉，一个人不应该让孩子感到惊恐，或是损及他们对父母的信心。

当他赶上她的时候，她几乎已经走到门口了。他说：“我已经查过书了，雅加达是个可怕的地方，你不能到那种地方去。”

“我没有选择，我也想留在这里。”

“你真的喜欢在杰金森小姐的秘书室工作？”

“平常我们可以约在下班后去喝咖啡、看电影。”

“无聊的生活——你说的。”

“但有你在里头。”

“贝翠丝，我大你十四岁。”

“那有什么关系？我知道你在担心什么。不是年纪的问题，是米莉，对不对？”

“她必须学习接受她的父亲也是一个人。”

“她曾经对我说过，我对你的爱是不会有结果的。”

“当然是有的，我们的爱是相互的。”

“这个问题恐怕不容易和她沟通。”

“几年以后，你或许会厌倦和我生活在一起。”

她说：“亲爱的，别再担心这个了，你不会被丢弃两次的。”

当他们在吻别的时候，米莉正好帮一个老太太提着大编篮走了进来。她看起来十分端庄贤淑。可能她起过誓要开始日行一善。那老太太先看到眼前这一幕，赶紧拉住了米莉的胳膊。

“赶快走开，亲爱的，”她说，“怎么可以在公众场合做出这种事！”

“没关系，”米莉说，“那是我父亲。”

听到她的声音，两人赶紧分开来。

老太太说：“那是你母亲吗？”

“不，是他的秘书。”

“篮子还给我。”老太太轻蔑地说。

“嗯，”贝翠丝说，“好吧。”

伍尔摩说：“对不起，米莉。”

“哦，”米莉说，“也该让她了解一下人情世事了。”

“我不是说那个老太太，是指你。我知道对你而言，这不像个真正的婚姻……”

“我很高兴看到你们考虑结婚。在哈瓦那，我以为你们只是想玩玩罢了。不过话说回来，既然你们都已经结过婚，现在结不结婚也好像没什么差别了，只是结婚可能会比较崇高一点。爸，你知道泰特莎百货公司在哪里吗？”

“在骑士桥，但我想它可能已经关门了。”

“我只是要探一探路。”

“米莉，你真的不介意吗？”

“唉，异教徒可以随心所欲地做任何事，你们是异教徒，算你们幸运。我会回来吃晚餐的。”

“看吧，”贝翠丝说，“什么问题也没有。”

“是啊，我把她安抚得很好，你不觉得吗？我还是可以把事情做得很好的。哦，对了，那份敌方的情报员名单应该令他们很满意吧？”

“不见得。你知道，亲爱的，他们花了实验室一个半小时的时间，在泡水的邮票上找那个黑点，听说那好像贴在第四百八十二张上。结果放大一看——嗯，竟然什么也没有。你一定是曝光过度，或者把显微镜放反了。”

“但他们还是要颁给我官佐奖章？”

“是的。”

“还给我一份工作？”

“我怀疑你是否做得下去。”

“我也不打算接受。贝翠丝，告诉我，你是什么时候开始……”

她把手放在他的肩上，强拖他曳步而舞。在那些暗沉的椅子之间，她开始唱起歌来，旋律有些走调，仿佛她是不远千里翻山越岭才追上了他。

理智者环绕着你我，
我挚爱的老友们。
他们说地球是圆的——
我的疯狂执意抗拒。
他们说橙橘有籽，
他们说苹果有皮……

“我们要以什么维生？”伍尔摩问。

“我们两个人总会想出法子来的。”

“我们有三个人。”伍尔摩说。

她终于认清他们未来的主要问题——他永远也不够疯狂。

图书在版编目（CIP）数据

我们在哈瓦那的人 /（英）格林 (Greene,G.) 著；吴幸宜译 . -- 南京：江苏凤凰文艺出版社，2018.11（2022.5 重印）
（读客全球顶级畅销小说文库）
书名原文：Our man in Havana
ISBN 978-7-5399-7976-2

Ⅰ . ①我… Ⅱ . ①格… ②吴… Ⅲ . ①长篇小说－英国－现代 Ⅳ . ① I561.45

中国版本图书馆 CIP 数据核字 (2014) 第 295108 号

我们在哈瓦那的人

［英］格雷厄姆·格林 著　　吴幸宜 译

责任编辑	丁小卉　刘洲原
特约编辑	许明珠　姚红成
装帧设计	读客文化　021–33608320
责任印制	刘　巍
出版发行	江苏凤凰文艺出版社 南京市中央路 165 号，邮编：210009
网　址	http://www.jswenyi.com
印　刷	河北中科印刷科技发展有限公司
开　本	880 毫米 ×1230 毫米 1/32
印　张	9.5
字　数	194 千字
版　次	2018 年 11 月第 1 版
印　次	2022 年 5 月第 3 次印刷
标准书号	ISBN 978-7-5399-7976-2
定　价	59.90 元

江苏凤凰文艺版图书凡印刷、装订错误，可向出版社调换，联系电话：010–87681002。

读客

读客外国小说文库

熊猫君激发个人成长